KB113893

배천영협

와룡봉추

임영기 新무협 판타지 소설

FANTASTIC ORIENTAL HEROES

와룡봉추 4
임영기 新무협 판타지 소설

초판 1쇄 찍은 날 § 2019년 3월 15일
초판 1쇄 펴낸 날 § 2019년 3월 22일

지은이 § 임영기
펴낸이 § 서경석

총괄팀장 § 최하나
편집책임 § 김경민

펴낸곳 § 도서출판 청어람
등록번호 § 제387-1999-000006호
등록일자 § 1999. 5. 31
어람번호 § 제2-2778호

주소 § 경기도 부천시 부일로 483번길 40 서경B/D 3F (우) 14640
전화 § 032-656-4452 팩스 § 032-656-4453
http://www.chungeoram.com
E-mail § chungeorambook@daum.net

ISBN 979-11-04-91958-9 04810
ISBN 979-11-04-91921-3 (세트)

4

와룡봉추

임영기 新무협 판타지 소설

FANTASTIC ORIENTAL HEROES

目次

第一章
혈전

무림에는 오래된 하나의 전설이 있다.

그것은 그냥 바람 같은 것이다.

천상성계(天上聖界).

천중인계(天中人界).

천마혈계(天魔血計).

현실하고는 동떨어진 이들 세 개의 특별한 세계를 일컫는 말이 바로 삼천계(三天界)다.

신선이나 성자들로만 이루어진 천상성계.

본디 태생은 인간이었으나 천상성계로부터 선택을 받아 천하와 무림, 그리고 만백성을 보살피는 역할을 담당하게 된 초월인(超越人)들의 세상이 천중인계다.

마지막으로 삼라만상 모든 마(魔)의 근원이며 궁극 집합체가 천외신계의 천마혈계다.

하늘과 땅과 바다와 강이 태초부터 존재하고 있었던 것처럼, 삼천계도 그러하다고 전해져 왔다.

세상 사람들이 알고 있는 것은 이 정도가 전부다.

삼천계에 대해서 그보다 더 자세한 내용은 아주 극소수의 사람들만이 알고 있을 뿐이다.

천마혈계가 현세에 도래하는 날이면 하늘과 땅이 온통 피와 마기(魔氣)로 뒤덮일 것이라는 사실을 말이다.

*　　　　*　　　　*

화운룡 일행이 노숙하고 있는 곳에 새벽의 부연 여명이 밝아오고 있다.

우두두두…….

재만 남은 모닥불 옆에서 운공조식을 하고 있는 화운룡은 멀리에서 은은하게 지축을 울리는 말발굽 소리를 듣고 천천히 눈을 떴다.

말발굽 소리를 들은 감형언이 몸을 일으켰다.

"제가 가보겠습니다."

감형언이 관도 쪽으로 달려가자 그 뒤를 아들 감중기가 그림자처럼 뒤따랐다.

중상을 입고 깊은 혼절에 빠져 있던 것을 화운룡이 치료해서 살려준 후 감중기는 사람과 인생이 완전히 변했다.

그는 아버지 감형언 이상으로 화운룡에게 감동을 받아 몸과 마음으로 완전히 굴복하게 되었다.

그는 혼절에서 깨어난 이후 지난 넉 달 동안 화운룡이 새로 창안한 해남비룡문의 성명무공 비룡운검과 십절신공에 깊이 심취하여 자는 것과 먹는 것을 잊을 정도로 무공 연마에 매진했다.

그 결과, 다른 사람들보다 훨씬 뛰어난 성취를 이루어서 나중에 진검전으로 이름이 바뀐 해남비룡문 제일전의 부전주가 되었다.

"소문주."

관도로 달려갔던 감형언과 감중기가 화운룡에게 달려왔다.

그런데 두 사람을 뒤따라서 달려오고 있는 사람은 뜻밖에도 태주현 형산은월문 문주 조무철과 그의 딸 숙빈이며, 그 뒤에는 형산은월문 무사들이 뒤따르고 있었다.

화운룡은 벌떡 일어나서 그들을 맞이했다.

"숙부님!"

"용아!"

"오라버니!"

조무철과 숙빈, 그리고 숙빈의 오빠 조연무(趙研武)가 달려오면서 반갑게 외쳤다.

"숙부님! 어쩐 일이십니까?"

"형님께 얘기 듣고 곧바로 달려오는 길이다."

조무철은 화운룡의 부친 화명승을 의형으로 모시기 때문에 화운룡을 조카로 여겨 이날까지 그가 아무리 망나니짓을 해도 얼굴 한 번 찌푸리지 않고 잘 대해주었다.

조무철은 화명승을 존경하고 좋아하기에 자신의 딸 숙빈과 화운룡이 어렸을 때 정혼시켰으며, 화운룡이 오랜 세월 동안 개망나니 노릇을 할 때에도 정혼을 파기하지 않고 그를 끝까지 믿고 기다려 준 호걸 중에서도 호걸이다.

"아버님, 이 일은⋯⋯."

화운룡이 죄스러운 표정을 짓자 조무철은 손을 저었다.

"형님께 설명 다 들었으니 길게 얘기할 것 없다."

화운룡은 주천곤에 대한 일의 전말을 사실대로 아버지에게 설명했다.

아버지에게 아무 말도 하지 않은 상황에 해남비룡문의 정예들을 이끌고 떠난다는 것은 말도 되지 않기 때문이다.

그런데 아버지는 화운룡이 불과 삼십여 명, 그것도 이류무사들만을 이끌고 태사해문과 동창의 고수들을 상대하여 주천곤의 시신을 되찾는 일을 자살행위라고 생각했다.

그래서 그는 조금이라도 돕고 싶은 마음에 아들이 해남비룡문을 출발하자마자 형산은월문으로 달려가서 조무철에게 도움을 청했던 것이다.

화운룡은 자신을 비롯한 삼십여 명의 무사로 태사해문과 동창의 고수들을 상대하여 주천곤의 시신을 찾아오려고 할 만큼 어리석은 아둔패기가 아니다.

그에게도 다 생각이 있으며 해남비룡문을 출발한 직후에 손을 나름대로 써두었다.

그 일만 제대로 성사된다면 주천곤의 시신을 찾는 일은 그리 어렵지 않을 거라는 생각이다. 그리고 그의 계획은 모르긴 해도 성사될 것이다.

조무철은 아들 조연무와 딸 숙빈, 그리고 무사들을 가리키며 굳건하게 말했다.

"나하고 무아, 빈아까지 모두 이십삼 명을 이끌고 왔다. 본문에서 엄선된 자들이다."

그는 아들 조연무에게 지시했다.

"무야, 요깃거리를 준비해라."

조무철 옆에 선 숙빈이 화운룡을 바라보며 말했다.

"어제부터 아무것도 먹지 못하고 달려왔어."

화운룡은 조무철을 비롯한 형산은월문 무사들이 도움이 되든 아니든 그들의 정성에 크게 고마움을 느꼈다.

화운룡은 예전 삶에서 천하를 주유하며 수많은 영웅호걸을 만났으며 그들 중에 몇 사람하고는 간담상조하는 사이가 되기도 했다.

조무철은 비록 그들에 비해서 무공은 형편없는 수준이지만 기개와 의리만은 그들 못지않았다.

서둘러 요기를 끝낸 조무철이 화운룡에게 물었다.

"상황을 설명해다오."

"얼마나 알고 계십니까?"

"정현왕 전하와 너의 관계, 그리고 전하께서 돌아가셔서 네가 시신을 모시러 가는 중이며 상대는 태사해문과 동창의 고수라는 얘기를 형님께 들었다."

아버지는 조무철에게 현 상황에 대해서 알고 있는 것들을 다 얘기한 모양이다.

화운룡이 숙빈과 어렸을 때 정혼을 한 사이인데 이제 와서 화운룡이 일방적으로 정현왕의 딸과 장차 혼인을 하게 될 것이라는 얘기는 숙빈과의 정혼을 파혼한다는 뜻이다.

그걸 알고서도 조무철이 끼니를 거르면서까지 전력으로 달려왔으며 숙빈 역시 따라온 것을 보면 화운룡으로서는 입이 열 개라도 뭐라고 할 말이 없었다.

"저쪽은 태사해문과 동창의 고수들이라던데……"

조무철이 말끝을 흐렸다.

태사해문과 동창은 고수들이고 해남비룡문과 형산은월문은 일개 무사들이다.

애당초 싸움 자체가 되지 않을 것이며 싸운다면 이쪽이 전멸당할 것은 불을 보듯이 분명하다.

그런 사실을 알면서도 한달음에 달려와 준 조무철이다. 그것은 화윤룡과 같이 죽어도 좋다는 뜻이며 진정한 의리라고 할 수 있었다.

화운룡은 조무철과 숙빈, 조연무의 무거운 마음을 덜어줘야겠다고 생각했다.

"은한천궁과 통천방에 도움을 청했습니다."

조무철과 숙빈, 조연무는 깜짝 놀랐다.

그들은 은한천궁이 산동성 제남의 패자이며 통천방은 천하무림의 아홉 절대자 춘추구패의 하나라는 사실을 너무도 잘 알고 있기 때문이다.

화운룡이 그런 엄청난 방파에게 도움을 청했다니까 조무철 등으로서는 놀라지 않을 수가 없었다.

"그들이 도와주겠나?"

조무철의 당연한 의문에 장하문 옆에 앉은 백진정이 공손한 어조로 대답했다.

"은한천궁은 당연히 도와줄 거예요."

조무철은 무지개무늬 홍에 경장을 입고 어깨에 검을 멘 아름다운 백진정을 쳐다보았다.

"낭자는 누구요?"

백진정은 일어나서 공손히 포권의 예를 취했다.

"소녀는 은한천궁의 백진정이에요. 궁주이신 은한질풍검(銀漢疾風劍) 백청명은 소녀의 아버지예요."

"오……."

조무철과 숙빈 등이 크게 놀라는데 화운룡이 백진정 옆에 앉은 장하문을 소개했다.

"이 친구는 소질의 군사인 장하문이라고 하는데 백 낭자의 정혼자입니다."

장하문이 일어나서 공손히 포권지례를 했다.

"그런가?"

조무철 등은 놀라움을 감추지 못했다.

조무철은 예전에 화운룡과 감중기가 일대일 대결을 벌였을 때 스쳐 지나듯이 장하문을 본 적이 있었다.

조무철이 보기에 장하문은 듣던 소문보다 훨씬 더 뛰어난 인물 같았다. 여북하면 은한천궁의 소궁주와 정혼을 했겠는가.

그래서 개망나니였던 화운룡이 새사람이 되어 승승장구하는 데에는 미상불 군사인 장하문의 공이 컸을 것이라는 추측이 가능했다.

조무철 옆에 다소곳이 앉은 숙빈은 이곳에 도착한 직후부터 줄곧 화운룡의 얼굴에서 시선을 떼지 못하고 있다.

화운룡은 그걸 알면서도 짐짓 모르는 체 외면했다. 옥봉과 새로운 인연을 맺은 덕분에 본의 아니게 정혼녀인 그녀를 버린 꼴이 돼버려서 얼굴을 대할 면목이 없기 때문이다.

그래서인지 화운룡은 자신을 뚫어지게 주시하고 있는 숙빈의 얼굴에 원망하는 표정이 은은하게 깔려 있다고 생각했다.

한차례 놀라움이 지나간 후 조무철이 다시 물었다.

"용아, 너 통천방하고도 인연이 있는 것이냐?"

"그렇지는 않습니다. 다만 현재 상황을 적절하게 이용하려는 것입니다."

"어떻게 말이냐?"

화운룡이 새사람이 됐다고 여러 사람들이 입에 침이 마르도록 칭찬을 하고, 실제로 그 증거들이 속속 나타났으며, 더구나 그의 탁월한 지도력 덕분에 해남비룡문이 하루가 다르게 일취월장하고 있음을 잘 알고 있는 조무철이다.

그렇다고는 해도 화운룡을 매일 보는 가족이 아닌 터라서 아직까지는 그가 도대체 얼마나 어떻게 변모했는지 실감이 나지 않았다.

화운룡은 조용한 목소리로 설명했다.

"광덕왕은 태사해문에게 사주하여 정현왕 전하를 죽였습니다. 태사해문이 강소성 남쪽 지방에서 막강한 세력을 떨친다는 사실을 알고 있기 때문에 그들에게 사주했을 겁니다."

"그렇군."

"일전에 통천방은 태주현에 분타를 만든 적이 있습니다. 그렇지만 그로부터 오래지 않아 태사해문에 의해서 초토로 변했습니다."

조무철은 움찔 놀랐다.

"통천방 태주분타를 전멸시킨 것이 태사해문이었더냐?"

"그렇습니다. 태사해문은 따로 삼십여 명의 고수를 보내서 통천방 태주분타를 급습하도록 했습니다."

조무철은 자신들이 모르고 있는 사실들을 화운룡이 손바닥 들여다보듯이 알고 있다는 사실에 적잖이 놀랐다.

"그럼 태사해문 태주지부가 하룻밤 새에 감쪽같이 사라진 것은 통천방이 복수로 몰살시킨 것이겠군."

조무철로서는 그렇게 생각할 수밖에 없을 터이다.

화운룡은 고개를 저었다.

"그 일은 제가 했습니다."

"네가?"

조무철은 믿기 힘들다는 표정을 지었다. 그도 그럴 것이 태주지부에는 평범한 무사가 아닌 태사해문의 정예고수가 삼십여 명이나 버티고 있기 때문이다.

"왜 그랬느냐? 이유가 뭐지?"

화운룡이 통천방의 복수를 대신 해줄 하등의 이유가 없었다.

"태사해문이 본 문에 최후통첩을 해왔었습니다."

"그들이 해남비룡문을 태주분타로 삼겠다는 것은 다 알려진 사실이다."

"그게 아니라 매월 은자 오만 냥씩 상납하라는 것입니다. 그러지 않으면 멸문시키겠다고 협박했습니다."

조무철의 얼굴이 일그러졌다.

"아귀 같은 놈들!"

"그래서 우리도 가만히 앉아서 당하지는 않겠다는 각오로 태사해문 태주지부를 야밤에 급습하여 전멸시킨 것입니다."

그렇더라도 조무철은 선뜻 이해가 되지 않았다. 그가 알고 있는 해남비룡문의 실력으로는 절대로 태사해문 태주지부를 전멸시키지 못하기 때문이다.

화운룡은 조무철이 무엇을 궁금하게 여기는지 알지만 혈영살수들이 도와주었다는 말을 해줄 수는 없었다.

그는 다시 본론으로 돌아갔다.

"통천방에 사실대로 알려주었습니다. 통천방 태주분타를 몰살시킨 것이 태사해문이고 광덕왕이 태사해문에 사주하여 정현왕 전하를 죽였다는 것을 말입니다."

"그 정도로 통천방이 움직여 줄까?"

화운룡은 고개를 끄떡였다.

"움직일 겁니다."

"어떻게 그걸 확신하지?"

"태사해문 때문에 통천방은 자존심과 명예에 상처를 입었습니다. 그걸 회복하려면 제가 내민 제안을 받아들일 수밖에 없을 겁니다."

조무철은 고개를 모로 꼬았다.

"자존심과 명예에 상처를 입었다고 통천방이 움직일까? 상대의 배후에 광덕왕이 있는 걸 알면서?"

"움직입니다."

화운룡은 다시 한 번 통천방이 움직일 것이라고 말했다.

그렇지만 조무철은 화운룡의 확신에 가까운 믿음을 납득하지 못하는 표정이었다.

그럴 수밖에 없었다. 고기도 먹어본 사람이 맛을 아는 것처럼, 진정한 명예와 자존심이 무엇인지 아는 자만이 그것이 상처를 입었을 때 충격의 깊이를 알 수가 있으며, 어떤 대가를 치러서라도 그것을 회복하려고 하는 것이다.

과거 천하제일인 십절무황이었던 화운룡과 춘추구패의 하나인 통천방의 명예와 자존심을 비교할 수는 없었다.

화운룡과 통천방이 태양과 달의 차이라고 한다면, 통천방과 태주현 형산은월문은 달과 반딧불이의 차이라고 할 수 있었다.

독수리가 높이 나는 이유를 참새가 어찌 알겠는가.

만약 조무철 입장이라면 그 정도 자존심의 상처는 실리를 따져봐서 손해라고 생각했을 때 기꺼이 물러날 것이다.

그것이 그의 그릇 크기다.

바로 그때 두 사람이 숲속으로 눈부신 경공술을 전개하여 쏘아 들어왔다.

"멈춰라!"

"누구냐?"

중인은 두 사람이 화운룡의 지척에 이르러서야 뒤늦게 발견하고 분분히 일어서며 도검을 뽑았다.

"물러서라."

그러나 화운룡은 두 사람이 누군지 확인하고는 손을 저으며 명령했다.

갑자기 들이닥친 두 사람은 뜻밖에도 옥봉의 호위고수 정현사위 중에 두 명인 창천과 보진이었다.

누가 보더라도 이곳에 있는 무리하고는 전혀 다른 기도를

뿜어내고 있는 두 사람은 나란히 서서 화운룡에게 정중하게
허리를 굽혔다.

"공주께서 왕서를 도우라고 저희를 보냈습니다."

이들 창천과 보진은 옥봉에겐 최후의 보루다. 두 사람이 없
으면 옥봉은 폭풍우 몰아치는 허허벌판에 혼자 서 있는 것이
나 다름이 없게 된다.

누구보다도 그걸 잘 알고 있는 옥봉이 창천과 보진을 화운
룡에게 보냈다.

그것은 그녀가 자신의 안위보다는 화운룡의 안위를 더 염
려하고 있다는 뜻이었다.

화운룡으로서는 여기까지 온 창천과 보진을 다시 되돌려
보낼 수는 없다.

사실 두 사람에게 물어볼 것도 있지만 그동안 그럴 겨를이
없었는데, 기회가 되면 그걸 알아봐야겠다고 생각했다.

화운룡 일행의 수가 졸지에 오십칠 명으로 불어났다.

원래 화운룡 일행은 여기까지 오는 동안 상단으로 위장했
다. 그렇다고 마차나 수레 같은 것은 끌지 않고, 말에 커다란
봇짐만을 주렁주렁 매달았다.

봇짐은 부피만 클 뿐이지 안에는 솜이나 가벼운 옷가지뿐
이어서 싣지 않은 것이나 마찬가지다.

화운룡은 조무철을 비롯한 이십삼 명에게도 상인처럼 보이는 복장으로 갈아입히고 무기를 감추게 했으며 봇짐을 나눠 주어 말에 싣게 하였다.

무리 전체를 상단으로 위장하는 것과 하지 않는 것에는 분명한 차이가 있다.

화운룡 일행이 지나는 곳곳에 수많은 방파와 문파들, 그리고 무림인들이 득실거리는데 이렇게 많은 인원이 무사 복장으로 말을 타고 내달린다면 메마른 대지에 소나기가 퍼부어 내리듯이 모두 알게 될 테고, 그러면 주천곤의 시신을 갖고 북상하고 있는 태사해문과 동창고수들 귀에도 자연히 흘러들어 가게 될 것이다.

화운룡은 창천과 보진을 척후로 먼저 보내려고 했으나 자신들 중에 한 명은 화운룡 곁에 있이야 한다고 극구 버티는 바람에 창천과 벽상을 척후로 보내고 보진을 남게 했다.

선두의 화운룡 좌우에는 장하문과 보진이 나란히 달리고, 주위에 조무철과 숙빈, 조연무, 백진정, 그리고 만공상판이 약간 뒤처져서 따르고 있었다.

일행 중에서 만공상판의 실체를 알고 있는 사람은 화운룡과 장하문, 백진정 세 사람뿐이다.

어젯밤에 만공상판은 화운룡에게 전설의 삼천계 중에서 천마혈계에 대해서 알려주는 대가로 면천을 시켜달라고 요구했다가 퇴짜를 당했다.

아니, 정확하게 말하면 화운룡이 만공상관에게 외려 한 가지 제안을 했다.

주천곤의 시신을 회수하는 데 성공하면 그를 면천시켜 주겠다고 한 것이다.

그렇지만 천마혈계가 광덕왕하고 연관이 있다는 만공상관의 말은 충격적이었다.

만약 그의 말이 사실이라면 전설이 현실로 드러나고 있다는 얘기였다.

푸드득…….

전서구 한 마리가 하늘에서 내리꽂혀 백진정 팔에 앉았다.

백진정은 은한천궁에서 보낸 전서구의 다리에 부착된 대롱에서 서찰을 꺼내 읽지도 않고 장하문에게 건네주었다.

장하문이 서찰을 읽고 나서 화운룡에게 보고했다.

"표적이 역현(嶧縣) 십오 리쯤 못 미친 관도를 지나고 있는 중이라고 합니다."

은한천궁 고수가 북상 중인 태사해문과 동창고수들을 감시하고 있는 모양이다.

산동성 지리를 잘 알고 있는 백진정이 덧붙였다.

"우리하고 이십 리 거리예요."

장하문의 보고가 이어졌다.

"궁주께선 역현에서 이십오 리 북쪽에 있는 등현(滕縣)에서 급습하는 것이 좋다고 하십니다."

"현 내에서 말인가?"

원래 사람 왕래가 많은 현 내에서 무리를 습격하는 것은 특별한 경우를 제외하고는 하책이다.

어쩌면 백청명에게 어떤 고견이 있을지도 모르는 일이다.

장하문의 보고가 이어졌다.

"아닙니다. 궁주께선 표적이 등현을 우회하여 남량강(南梁江) 상류를 건널 것이라고 예상하셨습니다."

천하 지리에 대해서 화운룡은 손금처럼 환하게 알고 있다.

등현이라고 할 때는 잘 몰랐으나 남량강이라는 말을 들으니까 그 일대가 환하게 기억났다.

지리를 기억할 때는 주로 산이나 강, 호수 같은 것들을 중심으로 삼는 것이 기본이다.

남량강은 태산의 남쪽 줄기인 몽산(蒙山)에서 발원하여 서쪽으로 흘러 등현을 가로질러 산동성 제일 호수인 소양호(昭陽湖)로 흘러드는 오십여 리 길이의 짧은 강이다.

화운룡의 기억으로는 등현에서 동쪽으로 십오 리쯤 올라간 남량강 상류에 작은 도선장(渡船場: 강을 건너는 곳)이 있었다.

"궁주께선 표적이 어젯밤 향성(向城)이라는 작은 촌락에서

유숙했기 때문에 역현과 등현을 그냥 지나칠 것이라고 예상하셨습니다."

향성이라면 화운룡 일행이 조금 전에 지난 곳이다. 표적이 그곳에서 휴식했다면 동현까지 불과 육십여 리 길을 그냥 통과하는 것이 상식이었다.

화운룡은 가볍게 고개를 끄떡였다.

"우리가 먼저 남량강을 건너가서 기다리고 있다가 표적이 배를 타고 도선장에 도착할 때를 노려서 급습하면 되겠군."

장하문은 빙그레 미소 지으며 서찰을 들어 보였다.

"궁주께서도 그렇게 말씀하셨습니다. 등현 내의 포구에 미리 배를 준비해 놓을 테니까 그걸 타고 건너라고 하셨군요."

조무철이 의아한 표정을 지었다.

"구태여 도선장에서 기다렸다가 급습하는 이유가 뭔가?"

조무철은 화운룡에게 물었지만 대답은 장하문이 했다.

"그 도선장에는 도선이 한 척뿐이랍니다."

조무철은 고개를 갸웃거렸다.

"그게 무슨 뜻인가?"

장하문의 말뜻을 먼저 깨달은 숙빈이 조무철에게 일러주었다.

"도선이 한 척뿐이니까 적들이 한꺼번에 다 못 탄다는 거예요. 즉, 도선이 여러 차례 강을 오가면서 적들을 실어 날라야 하기 때문에 분산되는 거죠."

"아……."

조무철의 머릿속이 확 밝아졌다.

모르긴 해도 적들은 수가 많을 텐데 배가 한 척뿐이어서 다 타지 못하고 여러 차례 나누어서 강을 건너게 될 것이다.

"그런 상황에서는 시신을 제일 먼저 강 건너로 옮기는 것이 상식입니다."

그러면 제일 먼저 건너는 무리를 급습해서 시신을 탈취하는 것이 상책이다.

"그렇군."

조무철이 적의 우두머리라고 해도 그렇게 할 것 같았다.

그는 화운룡을 새삼스럽게 쳐다보았다. 조무철 자신은 그런 기발한 생각을 꿈조차 꾸지 못했는데 화운룡은 그런 것이 기본 중에서도 기본이라는 듯 자연스럽게 실행하고 있다.

조무철은 분득 화운룡이 수십 년 동안 전장을 누빈 백전노장처럼 보였다.

척후에서 돌아온 창천과 벽상이 보고했다.

"적은 백여 명입니다."

적의 수가 예상보다 많았다. 적이 얼마나 되는지는 지금 처음 알게 되었다.

"복장으로 봐서는 태사해문이 칠십 명이고 동창고수가 삼십 명 정도 됩니다."

이쪽의 오십칠 명으로는 적 십여 명을 상대하는 것조차도 벅찰 것이다.

그래도 이쪽에는 창천과 보진, 장하문, 백진정 등 일류고수가 있어서 다행이었다.

백무신의 한 명인 만공상판이 전력으로 도와준다면 혼자서 적 십여 명을 감당할 수 있을 것이다.

거기에 은한천궁과 통천방이 가세한다면 이 습격은 충분히 승산이 있었다.

남량강 상류의 강 건너 북쪽 도선장 근처에는 마침 적당한 은신처가 있었다.

도선장에는 낡은 단층의 주루와 금방이라도 쓰러질 것 같은 창고와 헛간이 주루 양쪽에 각각 하나씩 있으며 화운룡 일행은 그곳에 숨어 있었다.

그리고 주루 안에는 백청명이 직접 이끌고 온 은한천궁의 정예고수 오십 명이 숨죽인 채 매복하고 있었다.

그렇지만 통천방 고수들 모습은 어디에서도 보이지 않았다.

그렇다고 해서 사람을 보내 통천방 고수들을 찾아보라고 할 수도 없는 상황이다.

창고보다 허술한 헛간에 은신한 화운룡은 등현 포구에서 미리 대기하고 있던 백청명 일행과 합류하여 남량강을 건너 강을 따라 상류의 이곳으로 향했다.

화운룡을 만난 백청명은 매우 반가워하면서 할 얘기가 많은 눈치였으나 목전의 일을 처리한 후로 미루었다.

이곳 남량강 상류의 강폭은 이십여 장 정도이며 유속이 제법 빨랐다.

화운룡은 문조차 달려 있지 않은 헛간의 나무 틈새로 강 건너를 응시했다.

저쪽 도선장에는 도강하려는 행인 서너 명과 무림인으로 보이는 두 명만 보였다.

화운룡은 두 명의 무림인이 입고 있는 복장을 보고 태사해문 고수이며 적들이 먼저 보낸 척후일 것이라고 짐작했다.

그들이 먼저 와서 도선이 출발하지 않도록 미리 잡아두었을 것이다.

한 척뿐인 도선이 한 번 강을 건너가면 다시 돌아오는 데 많은 시간이 걸리기 때문이다.

화운룡은 통천방이 아직 보이지 않는 것이 마음에 걸렸다.

그렇지만 화운룡의 예상대로 제일 먼저 강을 건너는 적들이 주천곤의 시신을 갖고 있다면, 도선에 아무리 많이 타봐야 삼십 명을 넘기지 못할 것이므로 통천방이 없더라도 충분히 해볼 만한 싸움이다.

"놈들이 도착했습니다."

옆에 있던 장하문이 긴장된 목소리로 말했다.

강 건너 도선장에 뿌연 흙먼지가 날리면서 말을 탄 고수들이 속속 도착하고 있었다.

그들 사이로 검은색의 마차 한 대가 보였다. 마차 안에 주천곤의 시신이 담긴 관이 있을 것이다.

'아버님……'

자상하면서도 위엄 있는 주천곤이 지금은 죽은 시신이 되어 저 마차 안의 관 속에 누워 있다는 생각을 하니까 화운룡은 가슴이 먹먹해졌다.

화운룡 일행이 지켜보고 있는 가운데 적들의 선두가 도선에 타기 시작했다.

화운룡이 예상했던 대로 적들은 첫 도선에 마차를 실었다.

누군가 자신들을 습격하여 시신을 탈취할 것이라고 예상하지 않은 행동이다.

그런 예상을 했다면 마차를 두 번째 도선쯤에 보낼 것이다. 그걸 보면 화운룡 일행이 그만큼 완벽하게 변장하여 추격했다는 뜻이다.

두 필의 말이 끄는 마차가 평평하고 넓직한 도선에 오르고 뒤를 이어 동창고수들이 말을 끌고 탔다.

마차를 에워싸듯이 도선에 가득 탄 동창고수는 정확하게 삼십 명이다.

잠시 후에 도선이 출발했다.

강 양쪽에 굵은 기둥을 세우고 거기에 튼튼한 밧줄을 묶어 강을 가로지르게 했으며, 도선에 장치된 골차(滑車: 도르래)에 밧줄이 연결되어 두 명의 선부가 골차의 손잡이를 힘차게 돌리면 도선이 앞으로 나아가 강을 건너는 방식이다.

끼리릭… 끼리릭…….

골차 회전하는 소리가 화운룡에게도 들렸다.

그는 나직하게 중얼거렸다.

"싸움이 시작되면 창천과 보진은 아버님을 모셔라."

창천과 보진은 정현사위 중 두 명으로서 평소에는 주천곤을 호위했었기 때문에 그의 죽음에 누구보다도 슬퍼하고 또 분노하고 있었다.

"명을 받듭니다."

나직하게 대답하는 두 사람의 얼굴에 결연한 의지가 자욱하게 깔렸다.

"만궁."

화운룡의 부름에 뒤쪽에 앉아 있는 만공상판이 무뚝뚝하게 대꾸했다.

"말하시오."

"전력을 다하지 않으면 면천은 없다."

"알겠소."

만공상판은 대답하고 나서 품속에서 자신의 성명무기인 만공산자를 꺼냈다.

끼리릭… 끼릭…….

골차 회전하는 소리가 점점 커지더니 이윽고 도선이 이쪽 도선장에 당도했다.

동창고수들이 말을 끌고 도선에서 내리고 나서 마차가 뭍으로 굴러 내려왔다.

드르르…….

바로 그 순간 주루에서 백청명이 이끄는 오십 명의 은한천궁 고수들이 파도처럼 쏟아져 나와 동창고수들에게 나는 듯이 달려갔다.

"가자!"

뒤를 이어 화운룡이 헛간에서 달려 나가자 장하문과 벽상, 전중, 창천, 만공상판, 그리고 감형언이 이끄는 해남비룡문 무사들이 우르르 뒤따랐다.

그와 동시에 창고에서는 조무철이 이끄는 형산은월문 무사들이 쏟아져 나왔다.

도선에서 내린 동창고수들은 미처 정렬하기도 전에 백청명과 은한천궁 고수 오십 명의 급습을 받고 크게 당황했다.

백청명은 은한검을 휘두르며 선두에서 곧장 동창고수들을
향해 짓쳐가며 쩌렁하게 외쳤다.

"모조리 죽여라!"

콰차차차창!

"흐아악!"

"크악!"

요란하게 무기끼리 부딪치는 소리에 이어서 몇 마디 비명
소리가 터져 나왔다.

은한천궁에서 엄선한 고수들이지만 일대일로 봤을 때 동창
고수보다 반 수 정도 약했다.

그렇기 때문에 은한천궁 고수 오십 명과 동창고수 삼십 명
이 팽팽하게 균형을 이루게 될 것이다.

그 균형을 깨는 것이 화운룡의 해남비룡문과 조무철의 형
산은월문 무사들이다.

그들 오십칠 명이 은한천궁 고수들을 돕기 시작하자 팽팽하
던 균형이 깨지면서 동창고수들이 퍽퍽 죽어 자빠졌다.

창천과 보진은 격전장을 뚫고 마차로 달려갔다.

그리고 따로 명령을 받은 감중기가 세 명의 무사들을 이끌
고 도선을 장악했다.

도선이 강 건너로 돌아가면 태사해문 고수들을 태우고 돌아올 것이기 때문이다.

감중기가 위협하자 도선을 다루는 선부들은 꽁지가 빠지게 줄행랑을 쳤다.

화운룡은 검을 움켜쥐고 격전장으로 뛰어들어 재빨리 주위를 둘러보다가 동창고수 한 명과 일대일로 싸우고 있는 은한천궁 고수를 돕기 위해 빠르게 다가갔다.

"크윽!"

그런데 그때 화운룡이 도우려고 한 은한천궁 고수가 심장에 검이 찔려 달려가고 있는 화운룡 쪽으로 밀렸다.

동창고수는 앞으로 전진하면서 은한천궁 고수의 배를 발로 걷어차 가슴에 꽂힌 검을 뽑자마자 가까이 다가들고 있는 화운룡을 향해 곧장 공격해 왔다.

화운룡은 움찔했다. 그는 은한천궁 고수를 도우려고 달려가다가 동창고수와 일대일로 싸우게 될 줄은 몰랐다.

그는 겨우 십 년 공력으로 동창고수와 일대일로 싸울 수가 없는 상황이지만 물러설 수가 없었다.

아니, 물러서야 하는 상황이지만 자존심이 허락하지 않았다.

십 년 공력의 비쩍 마른 잡룡 화운룡이 아닌 십절무황의 자존심 말이다.

그렇지만 화운룡의 두 다리는 이미 물러서고 있다. 그는 본능적으로 재빨리 뒷걸음치면서 염두를 굴렸다.

그가 동창고수와 일대일로 싸운다면 백전백패다. 절대 요행을 바랄 수가 없었다.

그런데 그게 아니다. 물러서던 그는 눈을 크게 떴다.

동창고수는 이미 일 장 전면에서 눈부신 검법을 전개하며 돌진해 오고 있는 중이었다.

쉬카아앗!

동창고수가 검을 떨치자 몇 개의 검화(劍花)가 만들어져서 화운룡을 향해 쏟아져 왔다.

그런데 검법을 전개하고 있는 동창고수의 동작이 화운룡의 시야에 가득 들어왔다.

즉, 그의 동작 하나를 보는 순간 다음 동작은 어떻게 진행될 것이며 저걸 어떻게 피해야 하는지, 그리고 상대의 허점까지 일목요연하게 시야에 꽂히듯이 들어왔다.

그것이 바로 천하의 모든 무공을 섭렵하고 수만 번의 싸움 경험에서 얻어진, 신의 경지에 이른 화운룡의 타의 추종을 불허하는 안목이다.

기대하지도 않았거늘 그의 눈은 이미 상대의 일거수일투족을 꿰뚫고 있었다.

쉬이익!

동창고수의 검이 오른쪽 위에서 아래로 화운룡의 목을 향해 비스듬히 그어져 내렸다.

화운룡은 재빨리 용신보를 전개하여 오른쪽으로 미끄러지듯이 이동하며 상체를 벼락같이 뒤로 젖혔다.

상대가 공격하고 나서 반응하면 무조건 늦다.

그러니까 상대의 동작을 읽고 먼저 반응해야만 한다.

쐐애액! 쌔애애!

동창고수의 검이 화운룡의 왼쪽 귓가를 스쳐 지나갔다가 또다시 뒤로 젖혀진 가슴 반 뼘 위를 훑듯이 베고 지나갔다.

검을 그어 내리다가 화운룡이 피하니까 중도에서 검의 방향을 바꾸는 멋들어진 동작이다.

화운룡은 동창고수의 두 번째 동작까지 읽고 미리 피했다가 뒤로 젖혀진 상체를 벼락같이 펴면서 경공 용신비를 전개하더니 온몸을 날려 동창고수에게 쏘아 가면서 검을 뻗었다.

"허엇!"

동창고수는 전혀 예상하지 않았던 상황에 크게 놀라 다급히 상체를 비틀어 찔러오는 검이 아슬아슬하게 목 옆으로 빗나가게 했다.

피잇!

순간 화운룡은 청룡전광검 일초식 제이변을 시전했다.

스으웃—

그가 손목을 슬쩍 안으로 굽히자 동창고수의 목 옆을 스쳐 지났던 검첨이 별안간 안쪽으로 반월처럼 휘어졌다.

보통 검이면 휘어지는 정도가 덜하겠지만 지금 화운룡 손에 쥐어져 있는 검은 전설의 명검 무황검이다.

파악!

반월처럼 휜 검첨이 동창고수의 뒷목을 찌르고는 다시 펴지면서 목의 절반을 잘라 버렸다.

"으악!"

동창고수의 잘린 목에서 피가 확 뿜어졌다.

그는 왼손으로 목을 움켜잡고 몇 걸음 비틀거리다가 앞으로 거꾸러졌다.

"헉헉……."

화운룡은 가볍게 숨을 몰아쉬었다. 숨이 조금 가쁘지만 견디지 못할 정도는 아니다.

십 년 공력의 그가 동창고수의 목을 잘라서 죽였다. 그것도 단 이초식 만에 말이다.

그것은 순전히 그의 탁월한 안목 덕분이다. 그리고 누구보다 빠른 눈이 도움이 돼주었다.

공력이 약한 상태에서도 어떤 가능성이 보인다는 사실이 그를 조금 기쁘게 했다.

용기와 자신감이 생긴 그는 재빨리 주위를 둘러보며 다음

먹잇감을 찾아보았다.

멀지 않은 곳에서 숙빈이 한 명의 동창고수를 상대하면서 치열하게 싸우고 있는 광경이 보였다.

화운룡은 빠르게 숙빈에게 다가가면서 두 사람의 싸움을 지켜보았다.

숙빈은 일대일로 동창고수와 거의 대등한 싸움을 벌이고 있는 중이었다.

공력과 경험에서 열세인 숙빈이 조금 밀리고 있기는 하지만 동창고수를 상대해서 저 정도로 잘 싸운다는 것은 대단한 일이다.

몇 달 전의 숙빈이었다면 동창고수와 저렇게 싸운다는 것은 어림도 없는 일이었다.

화운룡이 숙빈에게 명숙절학 중에 하나인 기절검법을 전수한 덕분이다.

뿐만 아니라 기천심공까지 전수했기에 그녀는 지난 반년 동안 자신마저도 놀랄 정도로 무공이 증진되었다.

동창고수가 끝장을 보려는 듯 전력을 다해서 맹공을 퍼붓자 숙빈이 조금씩 뒤로 밀리기 시작했다.

카캉!

"앗!"

한순간 동창고수가 내리긋는 검을 간신히 막은 숙빈이 엉덩방아를 찧으면서 주저앉았다.

쉬이익!

땅에 퍼질러 앉아 있는 숙빈에게 동창고수의 검이 마치 꽃잎이 흩날리듯이 찔러왔다.

피할 수도 막을 수도 없는 절망적인 상황에 처한 숙빈은 동창고수의 검을 바라보며 얼굴이 새하얗게 질렸다.

그녀는 찔러오는 저 검을 절대로 피하지 못할 것 같았다.

"빈아, 옆으로 굴러라!"

갑자기 우렁찬 외침이 터지자마자 숙빈은 홀린 듯이 옆으로 힘차게 몸을 날려 굴렀다.

파아앗!

몇 송이 검화가 방금 그녀가 있던 곳 허공에 작렬했다.

옆으로 굴러서 간단하게 피하는 방법이 있다는 사실을 그녀는 모르고 있었다.

초식이니 정통 같은 것만 고집하다 보면 편법이 있다는 사실을 망각하게 된다.

동창고수의 검이 숙빈을 놓치고 허공을 찌를 때 배후에서 화운룡이 용신비를 전개하여 온몸을 날리면서 전력으로 청룡전광검 일초식을 발휘했다.

쉬이잇!

동창고수는 번개같이 몸을 돌리면서 검을 휘둘렀다.

그렇지만 화운룡에게서 전개되고 있는 검법은 하늘 아래 가장 빠르다는 극쾌검법 청룡전광검이다.

화운룡은 무황검이 동창고수의 검과 부딪치려고 하자 손목을 바깥으로 뒤집었다.

공력이 약한 화운룡의 검이 동창고수의 검과 부딪치면 손목이 부러지면서 검을 놓치고 말 것이다.

순간 무황검 전체가 그의 손바닥 위에서 팽이처럼 빙그르르 맹렬하게, 그러나 부드럽게 회전하면서 동창고수의 검을 피하는 것과 동시에 그의 상체 여섯 부위를 찌르고 베어갔다.

스파아앗!

동창고수는 두 발을 정신없이 움직이고 상체를 좌우로 흔들어서 가까스로 피했다.

십 년 공력으로 펼쳐지는 청룡전광검인데도 동창고수를 사지로 몰아넣기에 충분했다.

만약 화운룡의 공력이 이십 년만 됐더라도 이번 공격으로 동창고수를 죽였을 것이다.

순간 화운룡은 동창고수에게 몸으로 부딪칠 것처럼 가까이 접근하다가 왼편으로 스쳐 지나며 이번에도 검을 던지듯이 슬쩍 뻗었다.

슛!

방금 전 공격을 피하느라 동창고수의 왼편을 스쳐 지나는 짧은 순간에 그는 마치 부채를 부치듯이 손목을 빠르게 이리 저리 뒤집고 잡아끌었다.

스사사아!

그러자 검첨과 검신이 나비의 날개가 팔랑거리듯이, 동창고 수 상체 여러 부위를 쓰다듬듯이, 그러나 닿지 않은 것처럼 흐릿한 검풍을 일으키며 스쳤다.

동창고수의 움직임이 뚝 정지했다.

퍼퍼퍽!

그러고는 동창고수의 미간과 목, 심장 세 군데에서 작은 폭 발이 일어나는 것처럼 핏물이 뿜어졌다.

"앗!"

숙빈은 동창고수가 피를 쏟으면서 자신에게 쓰러지자 다급 히 옆으로 피했다.

쿵!

그녀는 자신의 옆에 묵직하게 엎어진 동창고수와 동작을 멈 추고 숨을 헐떡거리고 있는 화운룡을 번갈아 쳐다보며 크게 놀라는 표정을 지었다.

방금 전에 그녀는 화운룡이 펼치는 검법을 목격했다.

그것은 검법이 아니라 신기(神技) 같았다. 그녀는 그런 검법 은 본 적이 없으며 들어본 적도 없었다.

은한천궁 고수도 일대일로는 이기지 못하는 동창고수를 화운룡이 신기에 가까운 검법으로 죽였다는 사실은 눈으로 보고서도 쉽사리 믿어지지 않았다.

그녀는 이곳이 격전장 한가운데라는 사실도 잊은 채 화운룡을 바라보면서 넋을 잃었다.

화운룡을 주시하는 눈길이 하나 더 있었다.

조금 전에 동창고수 한 명을 죽인 만공상판은 화운룡이 두 명의 동창고수를 죽이는 광경을 하나도 빼놓지 않고 똑똑하게 목격했다.

만공상판의 조금 커진 눈 속의 동공이 가늘게 떨렸다.

'맙소사……! 틀림없는 청룡전광검이었다……!'

천하의 절학을 사고파는 그가 청룡전광검이 어떤 검법인지 모를 리가 없다.

방금 싸움에 전력을 쏟아낸 화운룡이 거칠게 헐떡거리면서 숙빈에게 손을 내밀었다.

"헉헉헉… 괜찮으냐?"

"오라버니……."

숙빈은 하고 싶은 말이 많은데 그 말밖에 나오지 않았다.

화운룡이 숙빈의 손을 잡아끌며 또 다른 동창고수에게 달려가며 말했다.

"이제부터 나하고 같이 싸우자."

싸움이 끝났다.

선발대로 강을 건넜던 동창고수 삼십 명은 한 명도 남김없이 고스란히 황천으로 떠났다.

하지만 화운룡 일행도 그에 상응하는 대가를 치러야만 했다.

은한천궁과 해남비룡문, 형산은월문 합쳐서 도합 이십칠 명이 죽었으며 사십여 명이 부상을 당했다.

동창고수들이 끝까지 악착같이 저항했기 때문이다.

화운룡은 혼자서 동창고수 두 명을 죽였으며 숙빈과 합세하여 두 명을 더 죽였다.

숙빈과 합세했다고는 하지만 거의 화운룡이 죽인 것이나 다름이 없었다.

통천방에서는 무려 삼백 명의 고수들이 왔지만 화운룡 일행에겐 전혀 도움이 되지 못했다.

그들은 아직 강을 건너지 못한 칠십여 명의 태사해문 고수들을 공격하여 몰살시켰다.

통천방 고수들은 교활할 정도로 약삭빠른 방법을 택했다.

동창고수들이 선발대로 먼저 강을 건너자 그 기회를 노려서 태사해문 고수들만 공격한 것이다.

통천방으로써는 황궁의 동창고수들을 죽여서 황궁이든 광

덕왕이든 원한을 맺고 싶지 않았던 것이다.

통천방은 태사해문 고수 칠십여 명을 몰살시킴으로써 태주 분타가 태사해문에게 몰살당한 복수를 했으며 실추된 명예, 자존심 회복을 꾀했다.

第二章
광덕왕의 함정

　창천과 보진이 마차에서 하나의 평범한 갈색의 관을 꺼내 도선장 근처에 있는 넓적한 바위에 올렸다.

　이런 장소에서 관을 여는 것은 죽은 주천곤에 대한 모독일 수 있지만 실제로 관 속에 누워 있는 사람이 주천곤인지 확인해야만 했다.

　은한천궁과 해남비룡문, 형산은월문 사람들이 시체들을 치우고 부상자들을 돌보고 있는 동안 화운룡을 비롯한 몇 사람은 관 주위에 모였다.

　"열게."

그가 엄숙한 얼굴로 말하자 창천이 관 뚜껑을 정중하게 두 손으로 잡았다.

뚜둑…….

그가 두 손에 약간 힘을 줘서 당기자 못이 빠지면서 천천히 관 뚜껑이 열렸다.

화운룡을 비롯한 측근들의 시선이 일제히 관 안에 누워 있는 한 구의 시신에 집중됐다.

순간 시신을 확인한 화운룡의 미간이 좁혀졌다.

창천이 신음하듯 낮게 중얼거렸다.

"정현왕 전하가 아닙니다. 이 사람은 장령입니다."

그렇다. 관 속의 시신은 주천곤이 아니라 그와 같이 있던 호위장령이었다.

호위장령은 눈을 감고 있으며 목이 몸통과 약간 떨어져 있는었데 목이 잘렸기 때문이다.

"후우……."

화운룡의 입에서 저절로 안도의 한숨이 흘러나왔다. 호위 장령이 죽은 것은 안된 일이지만 이로써 주천곤이 살아 있을 가능성이 커졌다.

백청명이 놀라움을 억누르며 물었다.

"정말 정현왕 전하가 아닌가?"

화운룡은 고개를 끄떡였다.

"그렇습니다. 이 사람은 전하를 호위하던 호위장령입니다."

백청명과 조무철 등은 고개를 크게 끄떡이며 안도했다.

"그렇다면 전하께서 아직 살아 계시다는 말이 아닌가? 정말 다행이야……!"

"전하께서 살아 계시면 여기까지 달려온 보람이 있었어. 이보다 기쁜 일이 어디에 있겠나?"

그러나 장하문은 화운룡이 기뻐하지 않고 미간을 찌푸린 채 골똘한 생각에 잠겨 있는 것을 보았다.

"주군, 무슨 생각을……."

"하룡, 광덕왕이 무엇 때문에 호위장령의 시신을 아버님으로 위장을 해서 북경으로 운구했겠는가?"

호위장령 정도의 시신이라면 죽인 직후에 그냥 아무 곳에나 내버리면 그만이다.

그런데 광덕왕은 주천곤을 잡는 데 공헌한 태사해문 고수 칠십여 명과 동창고수 삼십 명, 도합 백여 명이란 많은 인원을 투입하여 주천곤을 북경으로 운구하는 것처럼 위장했다. 하지 않아도 될 일을 한 것이다.

호위장령의 장례를 성대하게 치러주려고 그랬을 리는 만무하고 어떤 목적이 있었을 것이다. 과연 그 목적이 무엇인지 알아내야 했다.

화운룡과 장하문이 나눈 짧은 대화는 관 주변에 모여든 사람들에게 큰 충격을 던져주었다.

그러나 모두들 '왜?'라는 의문만 가슴에 품을 뿐이지 해답을 찾지 못해서 부심했다.

화운룡은 과거 그가 겪었던 수십만 개의 경험 중에서 지금과 유사한 경우를 찾아내느라 눈도 깜빡이지 않고 궁리를 거듭했다.

모두들 긴장하는 표정으로 화운룡을 주시하는 가운데 열호흡 정도 시간이 흘렀다.

"그렇군."

이윽고 화운룡이 생각을 끝내고 나직하게 중얼거렸다.

그는 과거 자신의 경험들 중에서 지금 같은 상황을 찾아내지는 못했지만 해답을 알아내는 데 성공했다.

밭에 수많은 거름이 뿌려진 이후에 그 거름들이 무엇인지는 일일이 기억하지 못한다고 해도 그것으로 인해서 작물이 크게 번성하게 마련이다.

화운룡은 수많은 경험을 밑거름 삼아서 현재의 상황을 유추해 낸 것이다.

화운룡의 얼굴이 차가워졌다.

"광덕왕은 함정을 판 것 같군."

"함정입니까?"

장하문은 '함정'이라는 말을 들으니까 머릿속이 환해졌다.

"정현왕 전하를 돕던 어둠 속에 있는 세력들을 밝은 곳으로 끌어내어 한꺼번에 일망타진한다는 것이군요."

"그렇다."

"그렇다면 광덕왕은 누가 정현왕 전하를 돕는지 아직 모른다는 것이군요."

화운룡이 고개를 끄떡이자 장하문은 적잖이 감탄하는 표정을 지었다.

"주군께서 통천방에 전서구로 서찰을 보내실 때 익명을 하시기에 이상하게 생각했는데 다 이유가 있었군요."

통천방이 태주현에 분타를 낼 때 화운룡이 도운 것은 사실이지만 이번 일에 통천방을 움직일 정도는 아니었다.

그보다는 현실에 대해 냉철하게 적어서 보낸 서찰이 통천방을 움직이게 할 가능성이 더 크다고 봤었다.

측근들 얼굴에 놀라움과 당황함이 파도처럼 떠올랐다.

"어떻게 합니까? 하명하십시오."

장하문이 화운룡에게 물었다. 장하문은 아직 젊은 데다 경륜이 짧아서 머리가 덜 깨었다. 팔십사 년을 살다가 온 화운룡하고 비교할 수가 없다.

측근들은 장하문이 화운룡에게 묻는 것을 보고 가볍게 어이없는 표정을 지었다.

화운룡이 한참 고심 끝에 방금 전에야 함정에 빠졌다는 사

실을 알아냈는데 아무리 천재라고 해도 어찌 금세 해결 방법
이 나올 수 있다는 말인가.

그렇지만 장하문은 화운룡을 잘 안다. 그의 심중에는 이미
방법이 세워졌을 것이라고 믿었다.

화운룡은 남량강을 등지고 정면 북쪽과 상류 동쪽, 하류
서쪽을 가리키며 명령했다.

"창천, 벽상, 전중, 세 사람은 삼 리까지 갔다가 돌아와라."

창천과 벽상은 명령이 떨어지자마자 북쪽과 동쪽 강 상류
를 향해서 몸을 날리는데 전중 혼자만 의아한 표정을 지으며
머뭇거렸다.

"하류로 가서 뭘 하면 되는 겁니까?"

"제가 갈게요."

그사이에 전중이 가야 할 서쪽 하류로 백진정이 쏘아 갔다.
무공이나 경공 면에서 백진정이 전중보다 훨씬 나을 것이다.

전중은 당황해서 허둥거렸다.

"주군, 속하는……."

화운룡이 세 방향으로 갔다가 오라고 명령했을 때 창천과
벽상은 그 의미를 즉시 깨닫고 달려갔지만 전중만 가서 뭘 하
느냐고 물었으니 스스로를 아둔하다고 생각하여 죽고 싶은
심정이었다.

화운룡의 명령은 세 방향 삼 리 이내에 적이 있는지 확인하

라는 뜻이었다.

화운룡은 손을 저었다.

"됐다."

당황한 전중이 하류 쪽을 쳐다보자 백진정의 모습은 아스라이 하나의 점으로 보였다.

화운룡이 세 방향으로 척후를 떠난 사람들을 기다리고 있을 때 강 건너에서 누군가 크게 외쳤다.

"여보시오! 이쪽으로 도선을 보내든가 이리 건너오시오!"

소리친 인물은 통천방 고수 중에 한 명이며 강 건너 도선장에 서서 외치는데 공력이 심후한 닷에 주위가 써렁써렁했다.

"우리는 통천방 사람들이오! 당신들은 누구요?"

화운룡은 나직하게 중얼거렸다.

"아무도 대답하지 말고 도선을 보내지도 마십시오."

중인은 화운룡이 왜 그러는지 이유를 알지 못했다. 통천방 고수들이 태사해문 고수 칠십여 명을 죽였으니 누가 생각해도 같은 편이기 때문이다.

지금 상황에서 화운룡은 아군 외에는 아무도 믿지 못했다.

강 건너 통천방 고수는 이쪽을 보면서 계속 도선을 보내라고 외쳐댔지만 이쪽에서는 꼼짝도 하지 않았다.

이쪽에 대고 외치는 통천방 고수를 제외하고 다른 통천방 고수들은 시체를 치우고 부상자를 치료하고 있는데, 화운룡 일행에겐 별 관심이 없는 것처럼 행동해 그게 더 이상했다.

그때 북쪽으로 갔던 창천이 돌아왔다.

"북쪽에는 아무도 없습니다."

잠시 후에 벽상과 백진정이 돌아와서 강 상류와 하류 삼리 이내에 아무도 없다고 보고했다.

화운룡의 확신이 굳어졌다.

그는 주위에 모인 측근들에게 나직한 목소리로 말했다.

"통천방이 적입니다."

측근들이 크게 놀라서 뭐라고 말하려고 할 때 화운룡은 손가락을 입에 대며 조용하라는 시늉을 하고 말을 이었다.

"이 근처 삼 리 이내에 적이 없다면 통천방이 바로 적입니다. 저들이 우릴 공격할 겁니다."

사람들은 통천방이 적일 것이라는 생각은 추호도 한 적이 없었으나 화운룡의 말을 듣고 보니까 그들이 적일 가능성이 가장 컸다.

광덕왕은 강소성 남쪽 지방으로 도주한 주천곤을 잡기 위해서 그 지역 최강 세력인 태사해문에 협조를 요청했으며 결국 태사해문이 주천곤을 잡았다.

그러고는 호위장령의 목을 잘라서 죽인 후에 그 시신을 주천곤으로 위장하여 북경으로 이송하는 과정에, 삼십 명의 동창고수와 칠십여 명의 태사해문 고수들을 이용했다.

누가 주천곤을 돕고 있는지 밝혀내서 이참에 발본색원(拔本塞源)하려는 것이다.

통천방은 시신을 호송하던 태사해문 고수들을 죽임으로써 태주분타가 몰살당한 것에 대한 복수를 했으며, 광덕왕은 토끼를 잡는 데 이용했던 사냥개를 솥에 넣어 삶아 먹는 토사구팽(兎死狗烹)으로써 태사해문을 버렸다.

"도선을 못 쓰게 만들어라."

화운룡의 명령에 감중기와 전중이 달려가서 도선 바닥에 숭숭 구멍을 마구 뚫어 가라앉혔다.

"우린 어서 여길 뜹시다."

화운룡은 무리를 이끌고 강 하류로 달렸다.

이곳에서 삼백 장 거리에 있는 강가의 숲속에 타고 온 말들을 묶어두었기 때문이다.

화운룡이 달리면서 강 건너를 쳐다보니까 통천방 고수들도 강을 따라서 하류로 내달리기 시작했다.

그들이 광덕왕과 손을 잡지 않았다면 화운룡 일행을 쫓을 이유가 없었다.

화운룡 일행은 숲속에 묶어둔 말을 타고 숲을 빠져나와 북쪽으로 내달리며 점점 강과 멀어졌다.

숲이 워낙 크고 또 울창한 덕분에 강 건너의 통천방 고수들은 화운룡 일행을 발견하지 못했다.

도선이 없기 때문에 통천방 고수들은 십오 리 하류의 등현에서 도선으로 강을 건넌 후에야 화운룡 일행을 추격할 수가 있을 터이다.

그때쯤 되면 화운룡 일행은 통천방 고수들과 오십여 리 이상 거리를 벌릴 수 있으며, 그들은 화운룡 일행이 어디로 사라졌는지 모를 것이므로 안심해도 좋다.

화운룡 일행은 북쪽으로 이십 리쯤 달리다가 동쪽으로 방향을 바꿔 몽산을 끼고 돌아서 다시 남쪽으로 달렸다.

남량강은 몽산에서 발원하여 흐르기 때문에 이렇게 몽산 뒤쪽으로 돌아가면 남쪽으로 수백 리까지 줄곧 평야만 이어지므로 달리는 데는 최적이다.

백청명과 은한천궁 고수들이 말을 멈추고 화운룡 등에게 작별을 고했다.

"화 소협, 언제든지 도움이 필요하면 연락하시오. 만사 제쳐두고 달려가겠소."

백청명은 화운룡에 대한 호칭을 소협이라고 바꿨다.

화운룡은 백청명의 두 손을 잡았다.

"궁주의 도움은 화 모가 죽을 때까지 잊지 못할 것이오."

"도움이라니 당치도 않소. 화 소협이 날 살렸으니 내 목숨은 화 소협 것이오."

화운룡이 그를 만공상판으로부터 구한 일을 말하는 것이
다.

장하문은 감개무량한 표정으로 두 사람을 지켜보았다.

예전 화운룡의 삶에서 그는 천하제패를 하는 과정에 어쩔
수 없이 백청명을 죽였는데 이번 생에서는 그와 은혜를 주고
받는 사이가 되었으니 장하문으로서는 그저 화운룡이 고마
울 따름이었다.

백청명은 만공상판을 보며 진지하게 말했다.

"만공상판, 화 소협을 잘 모시도록 하시오."

백청명은 일진에 만공상판이 내기에서 져서 화운룡의 종이
된 사실을 알고 있었다.

만공상판이라는 말에 그의 정체에 대해서 몰랐던 사람들이
혼비백산 놀라서 술렁거렸다.

천하무림에서 가장 고강한 고수 백 명을 백무신이라고 하
며 만공상판은 그중 한 명인 것이다.

뿐만 아니라 만공상판이 무공, 그것도 대부분 명숙절학을
갖고 장사를 하는 괴팍한 인물이라는 사실은 무림에 소문이
파다해서 이곳에 있는 사람들 중에 만공상판이라는 별호를
듣지 못한 사람은 한 명도 없었다.

사람들은 화운룡 가까이에 처음 보는 오십 대 중년인을 보

고 그가 누굴까 몹시 궁금했는데 설마 백무신의 한 명인 만공상판일 줄은 꿈에도 몰랐다.

화운룡은 만공상판에게 손을 저었다.

"만공, 너를 면천하겠다. 가고 싶은 곳으로 떠나라."

그의 말에 사람들은 크게 놀랐다. 면천이라는 것은 종이나 노예에서 해방되는 것을 뜻하는데, 그렇다면 만공상판이 화운룡의 종이었다는 뜻이기 때문이다.

만공상판은 사람들의 반응에는 조금도 개의치 않고 조용히 말했다.

"가지 않겠소."

모든 상황을 다 알고 있는 장하문과 백진정은 어이없는 표정을 지었으나 화운룡은 가만히 있었다.

"당신을 따라가겠소."

장하문이 물었다.

"주군의 종이 되겠다는 것이오?"

"그건 아니다."

만공상판은 오로지 화운룡에게만 공손할 뿐이지 다른 사람들은 다 손아래로 대했다.

"그게 무슨 뜻이오?"

원래 만공상판은 관 속에 누가 들어 있든지 간에 일만 끝나면 무조건 떠나려고 했다.

화운룡이 관 찾는 것을 도와주면 면천해 주겠다고 약속했기 때문이다.

그런데 만공상판의 마음이 바뀌었다. 이유는 하나, 화운룡이 청룡전광검을 전개하는 것을 목격했기에 그것에 대해서 더 알고 싶은 것이다.

만공상판이 알고 있는 한 청룡전광검은 천하에서 가장 빠른 극쾌검법이다.

만공상판은 오십오 년 동안 살아오면서 청룡전광검이 전개되는 광경을 한 번도 본 적이 없었다.

하지만 청룡전광검이 펼쳐지면 어떤 광경이 나타난다는 것은 너무도 잘 알고 있었다.

아까 만공상판은 화운룡이 동창고수와 싸우는 광경을 두 눈으로 똑똑히 목격했다.

한 자루 검이 화운룡의 손 위에서 마치 팽이가 도는 듯이 회전하는 것과 검첨과 검신이 자유자재로 휘어지면서 육안으로는 구별할 수 없을 정도의 쾌속함으로 동창고수의 급소를 베고 찌르며 자르는 광경을 말이다.

천하에 그런 검법은 단 하나, 청룡전광검뿐이다.

지금 만공상판은 뭘 어떻게 하겠다는 목적 같은 것이 없었다. 그저 화운룡이 전개한 검법이 청룡전광검인지 확인하는 것이 우선이다.

그것은 무공에 대한 남다른 집착 때문이었다. 그다음에 자신이 어떻게 할 것인지 결정할 것이다.

만공상판은 화운룡에게 정중하게 고개를 숙였다.

"따라가게 해주시오."

화운룡은 만공상판이 왜 그러는지 짐작했다. 천하의 절학에 대해서 능통한 그가 화운룡이 전개하는 청룡전광검을 보지 못했을 리가 없었다.

그러나 화운룡은 뜨뜻미지근한 것은 질색이다.

"내 옆에 있는 동안은 좋다. 그러나 떠나고 싶을 땐 언제라도 떠나라."

"그러겠소."

중인은 화운룡이 백무신 중에 한 명인 만공상판을 거침없이 대하는 것이나 그를 종으로 거두는 광경을 보고는 감탄을 금하지 못했다.

전중이나 감형언, 감중기, 조무철, 숙빈 등이 봤을 때 화운룡은 얼마 전까지만 해도 태주현 최악의 개망나니 잡룡이었지만 현재는 그들하고는 전혀 동떨어진 다른 세상의 사람처럼 보였다.

반년 전 같으면 어림도 없는 일이지만 지금은 모두들 화운룡을 진심으로 존경하게 되었다.

백청명은 백진정하고도 작별했다.

"화 소협, 딸아이를 잘 부탁하오."

"백 소저는 내게 큰 힘이 되고 있소."

백청명은 백진정에게 엄히 당부했다.

"정아, 너는 화 소협의 말에 목숨을 걸고 따라야 하느니라."

"알겠어요, 아버지."

백진정은 해남비룡문에서 머물던 지난 몇 달이 인생에서 가장 행복했던 시절이었다.

사랑하는 장하문과 하루 종일 붙어 있으며 무엇보다도 해남비룡문의 성명검법인 비룡운검을 배울 수 있기 때문이다.

그녀가 냉정하게 평가했을 때 비룡운검은 그녀가 지난 십수 년 동안 배운 은한질풍검하고는 비교가 되지 않을 정도로 높은 수준의 검법이었다.

감형언이나 조무철 등은 제남의 패자 백청명이 이렇게까지 화운룡을 높이 받드는 것을 보고 화운룡이 자랑스러우면서도 한편으로는 존경심이 더욱 샘솟았다.

화운룡 일행은 쉬지 않고 달려서 강소성으로 들어선 후 밤을 맞이하여 울창한 숲속의 어느 계류 옆에서 노숙을 했다.

화운룡과 측근들은 모닥불 가에 둘러앉아 요깃거리를 안주 삼아서 백진정이 내놓은 여아홍을 마셨다.

조무철은 아까부터 모닥불 너머의 화운룡을 보면서 이런저런 생각에 골몰하고 있는 중이다.

그가 바보가 아닌 이상 반년 전의 화운룡과 지금의 화운룡은 엄청난 차이가 있다는 사실을 모를 수가 없었다.

그가 보기에 화운룡이 전혀 새로운 사람으로 변한 데에는 필시 깊은 곡절이 있을 것 같았다.

하지만 지금처럼 사람이 많은 곳에서 그것을 물어보는 것은 아니라고 생각했다.

그 대신 다른 궁금한 것을 물어보았다.

"용아."

"말씀하십시오."

화운룡은 아버지 다음으로 조무철을 존경하고 좋아한다.

조무철은 정의감이 강하고 불의를 보고 참지 못하며 화운룡을 비롯한 해남비룡문 가족에게는 피붙이보다 더 다정하게 대하는 사람이다.

특히 화운룡이 조무철을 각별하게 여기는 이유는, 예전 삶에서 해남비룡문이 귀풍채에 야습을 받아서 멸문한 이후 조무철은 계란으로 바위를 때리는 상황인 줄 뻔히 알면서도 해남비룡문의 복수를 하려고 귀풍채를 공격했다가 오히려 형산은월문 전체가 몰살을 당했다.

그 일로 조무철 일가는 물론이고 형산은월문 문하 제자가 칠십여 명이나 죽은 것이다.

그런 일은 절대로 아무나 흉내조차도 낼 수가 없다. 정의감이나 불의를 보고 참지 못하는 성격 같은 것이 아닌 화운룡가족에 대한 깊은 정과 사랑 없이는 절대로 할 수 없는 행동인 것이다.

그래서 화운룡은 조무철과 숙빈, 조연무에 대해서는 남다른 애정을 품고 있다.

또한 관상에 대해서 타의 추종을 불허할 정도인 화운룡이봤을 때 조무철은 장차 자신과 떼려야 뗄 수 없는 특별한 관계가 될 것이라고 내다보았다.

물론 화운룡과 숙빈이 부부로 맺어지기 때문이 아닌 남자 내 남자, 무림인 대 무림인의 관계를 말함이다.

"현 상황에 대해서 내가 모르는 것이 있느냐?"

화운룡은 잠시 생각하고 나서 장하문에게 말했다.

"하룡, 태사해문과 통천방, 그리고 태주현의 상황에 대해서 조 숙부께 말씀드리게."

조무철 등은 현재 태주현에서 일어나고 있는 일들에 대해서 태주현에 뿌리를 박고 있는 사람들이 알고 있는 것보다 조금 더 알고 있는 정도다.

그리고 태사해문이 본 문에서 고수 삼십여 명을 보내 통천방 태주분타를 몰살시켰으며, 그와는 별개로 태사해문의 지나칠 정도로 무리한 요구에 위기를 느낀 화운룡이 태사해문 태주지부를 귀신도 모르게 전멸시켰다는 사실은 이번에 여기에 오면서 화운룡에게 듣지 못했다면 여전히 모르고 있을 것이다.

장하문은 조무철 등은 물론이고 감형언 등도 모르고 있던 일들을 자세하게 설명했다.

이를테면 태사해문이 춘추구패에 일패를 더해서 춘추십패가 되려 한다는 야망이나, 통천방이 강소성 남부 지역까지 세력을 넓히려는 이유가 춘추구패의 최약체인 소삼패에서 벗어나 중삼패로 도약하려는 비장의 한 수라는 사실이다.

"그러기 위해서 태사해문이나 통천방은 반드시 태주현을 손에 넣어야 합니다."

강소성 남부 지역 동서 팔백여 리, 남북 이백여 리 일대에는 도읍인 남경성을 비롯하여 삼십육 개의 현이 있으며 그중에 이십오 개 현에 태사해문과 통천방의 지부나 분타가 새로 세워졌다.

이십오 개 중에서 태사해문의 지부나 분타가 십구 개로 압도적으로 많다.

그와 반대로 중부 지역이나 북부 지역에는 태사해문의 지부나 분타가 단 하나도 없다. 그 지역은 완벽한 통천방의 세력권이라는 뜻이었다.

현 상황에 대해서 자세히 알게 된 조무철은 무거운 신음 소리를 냈다.

"음!"

그러나 신음 소리뿐 뭐라고 할 말이 떠오르지 않았다. 다 알고 나니까 이건 총체적 난국이었다.

이것은 그야말로 어유부중(魚遊釜中)이다. 태주현이라는 커다란 솥 안에서 여러 방파와 문파라는 물고기들이 헤엄치고 있는 꼴이다.

태사해문이나 통천방이 언제든지 솥 아래에 불을 활활 지피기만 하면 즉시 물이 끓어서 태주현의 방파와 문파들이 다 삶아지고 말 것이다.

숙빈이 아버지 대신 답답한 표정으로 물었다.

"오라버니, 어쩌면 좋아?"

"나도 모르겠다."

그는 솔직한 자신의 입장을 토로했다.

"돌아가면 어떻게 해야 할지 궁리를 해봐야겠다."

조무철은 물론이고 감형언이나 감중기도 새로운 사실을 알고는 심각한 표정을 감추지 못했다.

숙빈은 화운룡을 똑바로 쳐다보며 빨간 입술을 나풀거렸다.

"그래도 해남비룡문은 오라버니가 있으니까 그나마 우리보다 나을 거야."

그녀는 모두 들으라는 듯 조금 목소리를 높였다.

"오라버니가 지금까지 해온 일들을 보면 알 수 있어. 해남비룡문을 완전히 새로운 문파로 일신시켜서 예전하고는 비교할 수도 없을 정도가 됐어. 뿐만 아니라 태사해문의 온갖 위협에도 끄떡없이 대처하고 있잖아."

모두들 묵묵히 들으면서 그녀의 말에 백번 공감하고 있다.

"해남비룡문 사람이라면 어느 누구라도 배울 수 있게 한 비룡운검은 정말이지 굉장한 검법이야. 나는 얼마 전에 문영 언니가 전개하는 비룡운검을 견식한 적이 있는데 너무나도 고명한 검법이라서 내 눈을 의심했을 정도야."

그 점에 대해서는 감형언과 감중기도 입에 침이 마르도록 칭찬을 하고 싶었지만 꾹 참았다.

"해남비룡문은 이대로 몇 년만 지나면 아무도 건드리지 못하는 강력한 문파가 될 게 분명해."

비룡운검이 얼마나 놀라운 검법인지 알고 있는 조무철과 조연무는 숙빈의 말에 크게 공감했다.

숙빈은 감중기를 쏘아보았다.

"요즘 나는 가끔 저 사람이 부럽기까지 해."

감중기가 그게 무슨 소리냐는 듯 숙빈을 쳐다보다가 눈이 마주치자 얼른 외면했다.

감중기는 몇 달 전까지만 해도 대놓고 숙빈을 짝사랑하여 귀찮을 정도로 쫓아다녔고 그 사실은 태주현에서 모르는 사람이 없었다.

만약 그가 화운룡하고의 일대일 대결에서 패하지 않았더라면 지금도 숙빈 뒤꽁무니만 쫓아다니고 있을 것이다.

그래서 감중기는 뒤늦게 자신의 우둔한 행동을 깨닫고 숙빈 앞에서 부끄러움을 느끼고 있는 것이다.

그렇지만 숙빈이 어째서 감중기를 부러워하는지 감중기를 비롯하여 모두 궁금하게 생각했다.

"지금의 진검문 사람들을 보세요. 풍족한 생활을 누리면서 최고의 무공인 비룡운검과 십절신공을 배우고 있잖아요. 예전 진검문이었다면 태사해문과 통천방의 첫 번째 표적이 되어 이미 풍비박산 흔적조차 없어졌을 거예요."

그녀의 말이 한 치도 틀림없는 사실이라서 아무도 이견을 말하지 못했다.

아니, 오히려 감형언은 진중하게 고개를 끄떡이며 그녀의 말에 수긍했다.

"그 점에 있어서 나는 숙빈의 말이 백번 옳다고 생각한다. 예전의 나는 우물 안 개구리였다. 만약 중기가 소문주에게 패해서 우리가 해남비룡문 사람이 되지 않았더라면 그 사실을 깨닫지 못했겠지. 그것이야말로 전화위복이었지."

과거 일파의 문주로서는 정말 하기 어려운 말이다.

감형언은 일어나서 화운룡에게 정중히 포권을 해 보였다.

"소문주야말로 하해불택세류(河海不擇細流)의 귀감입니다. 속하는 진심으로 소문주를 존경합니다."

하해불택세류란 큰 바다와 같은 물은 작은 시냇물도 다 받아들인다는 말로써, 화운룡이 워낙 큰 대인이라서 내쳐야 마땅할 감형언과 감중기를 비롯한 진검문을 받아들여 오히려 큰 은혜를 베풀었다는 뜻이니 지금 감형언의 심정을 잘 표현하고 있었다.

사실 숙빈의 말은 진심이었다.

예전과는 달리 어느덧 화운룡을 사모하게 된 그녀는 자신의 형산은월문이 해남비룡문에 흡수되어 살아남는 길을 택하고, 아울러서 자신은 화운룡의 측근이 되어 매일 그의 가까이에서 지내고 싶다는 소망을 품고 있다.

하지만 감히 그런 말을 아버지에게 직접 할 수는 없기에 에둘러서 진검문을 걸고 넘어간 것이다.

그러나 그걸 모를 리 없는 조무철이다.

해남비룡문으로 돌아온 화운룡은 모든 수단과 방법을 동원하여 주천곤을 찾아 나섰다.

화운룡은 주천곤이 살아 있거나 죽었을 확률이 반반이라고 생각했다.

주천곤을 찾는 일에 조무철도 발 벗고 나섰다. 그는 태주현 인근에 꽤 명성이 있고 발이 넓으므로 직접 발품을 팔아 여러 사람들을 만나서 주천곤을 찾아달라고 협조를 부탁했다.

물론 사람들에겐 주천곤의 신분을 밝히지 않고 용모를 그린 도영(초상화)을 수백 장 그려서 돌렸다.

그렇게 하면 해남비룡문에서 주천곤을 찾는다는 사실을 태사해문이 알게 될 테지만 이제는 어쩔 수가 없었다. 주천곤을 찾는 일이 급선무이기 때문이다.

그리고 나서 화운룡은 두 번째 일에 착수했다.

태사해문이나 통천방, 그리고 광덕왕의 공격에 대비하여 해남비룡문을 재정비하는 일이었다.

화운룡은 자신과 가족, 그리고 해남비룡문이 더 이상 물러설 수 없는 벼랑 끝에 몰렸다는 사실을 절감했다.

해남비룡문과 해룡상단을 몽땅 버리고 가족들만 데리고서 어디 멀리 안전한 곳으로 피신하는 것은 말이 되지 않는다.

가족들의 기반과 터전은 모두 이곳에 있으므로 할아버지와 아버지에게 여길 떠나자고 하는 것은 그들에게 죽으라고 하는 말이나 다름이 없었다.

화운룡은 이번 생에서는 어떻게 하든지 옥봉과 가족, 그리고 주위 사람들과 평범하고 행복한 삶을 살겠다고 결심했기 때문에 이렇게 된 이상 죽으나 사나 태주현을 떠날 수가 없었다.

화운룡의 명령을 받은 장하문이 이틀 동안 고심 끝에 해남
비룡문을 재정비하는 초안을 가져왔다.

"현재 인원을 네 등급으로 나누었습니다."

장하문은 조직명과 사람 이름이 빼곡하게 적힌 종이를 탁
자에 펼쳤다.

예전에 해남비룡문의 문하 제자를 모집했을 때 최대 오백
명이 넘었는데 그동안 많이 추려졌다.

"일류고수라고 할 만한 사람들을 제외한 순수한 본 문 휘하
의 무사들입니다."

그는 종이 한 장을 펼쳤다.

"일 등급은 사십이 명이며 비룡검대(飛龍劍隊)입니다."

"흠."

화운룡이 고개를 끄떡이자 장하문은 말을 이었다.

"대주는 감형언이고 본 문에서 가장 뛰어난 자질을 지닌 무
사들입니다."

그는 비룡검대 휘하 무사가 가장 뛰어난 검술이 아니라 뛰
어난 자질을 지녔다고 말했다.

해남비룡문에서 몇 명을 제외하곤 다들 무사들뿐이고 그
들의 실력이란 다 거기에서 거기일 텐데 실력을 논한다는 자

체가 어불성설이었다.

그래서 장하문은 순수하게 해남비룡문 사람들 자질만을 보고 네 등급으로 나누었다.

지금 당장이 아니라 앞날을 내다보자는 것이다. 자질이 뛰어나다는 것은 집중적으로 무공을 가르쳤을 때 가장 빠른 시일 안에 가장 큰 진전을 보일 만한 사람을 뜻한다.

"이 등급은 해룡검대(海龍劍隊)라 명명했으며 칠십육 명입니다만 일 등급과 이 등급의 격차는 크지 않습니다."

일 등급 비룡검대의 칠 할 이상은 예전 진검문 출신 사람들이 선발됐으며 이 등급 해룡검대는 진검문과 벽상의 가문 벽풍장 사람들이 주축이고 해남비룡문에서도 몇 명이 뽑혔다.

삼등급은 진검대(震劍隊)인데 조직명만 진검대일 뿐이지 예전 진검문하고는 아무 상관이 없다.

진검대에는 해남비룡문 출신과 몇 달 전에 모집한 문하 제자들 중에서 백이십칠 명이 선발됐다.

마지막 사 등급은 운검대(雲劍隊)이고 나머지 이백사십오 명이 여기에 포함되었다.

화운룡이 일 등급 비룡검대에 선발된 사람들의 이름을 읽는 것을 보면서 장하문이 말했다.

"비룡검대는 두 개의 검대로 나누었으며 해룡검대는 세 개, 진검대는 여섯 개, 운검대는 열두 개 검대입니다. 앞으로 매달한 차례씩 이들의 무공 성취를 평가해서 등급을 결정할 생각입니다."

"잘했군."

등급을 한 번 정하면 끝나는 것이 아니라 매달 평가를 해서 당락을 결정한다면 문하 제자들이 밤잠을 자지 않고 노력할 것이 분명하다.

"각 등급의 녹봉과 대우에 엄격한 차등을 두어서 문하 제자들의 당락에 대한 관심을 높일 생각입니다."

그렇게 하면 아래 등급은 위 등급으로 올라가려고 절치부심할 것이고, 위 등급은 하락하지 않으려고 안간힘을 쓸 것이니 피땀 흘리면서 무공 수련을 하지 않을 수가 없을 것이다.

장하문의 초안은 화운룡이 직접 손을 댄다고 해도 이보다 더 잘할 수는 없을 것 같았다.

"하룡, 그들을 검술에만 국한시키지 말게."

"무슨 말씀이신지……."

화운룡의 말에 장하문은 의아한 표정을 지었다.

"문하 제자들이 검술에만 자질이 있는 것은 아닐 거야."

장하문은 눈을 깜빡거리다가 탄성을 터뜨렸다.

"아! 그런 말씀이십니까?"

백인백색(百人百色)이라고 했다. 백 명의 색깔이 죄다 다를진대 무공의 자질로 치자면 더하면 더했지 결코 못하지 않을 것이다.

신체 구조상 도법이나 창술이 더 잘 어울리는 사람에게 검법을 배우라고 하면 지니고 있는 재량을 십분 발휘하지 못할 것이 분명하다.

장하문은 기쁜 나머지 자리에서 벌떡 일어섰고 같이 있던 벽상과 백진정은 무슨 뜻인지 아직 알지 못하고 어리둥절한 표정을 지었다.

그러나 화운룡 옆에 앉아서 사과를 깎고 있는 옥봉은 배시시 부드러운 미소를 지었다. 그 미소는 '과연 용공이셔'라는 의미가 담겨 있었다.

第三章
비룡은월문

　백진정이 의아한 표정으로 장하문에게 물었다.

　"가가, 소매는 무슨 뜻인지 모르겠어요. 문하 제자들이 여러 방면에 자질이 있는 것과 등급을 나누는 것이 무슨 관계가 있는 것인가요?"

　장하문은 빙그레 미소 지으며 설명했다.

　"주군께서 도법과 창술, 장법, 권각술 등을 따로 창안하셔서 문하 제자들에게 적절히 가르치시겠다는 뜻이야."

　백진정은 물론이고 벽상도 눈을 동그랗게 뜨며 놀랐다.

　"그… 게 가능해요?"

장하문은 의기양양하게 웃었다.

"하하하! 물론 범인들에겐 불가능한 일이지만 주군이시기에 가능한 일이지."

화운룡은 잠자코 있는데 장하문이 한껏 뻐기고 있었다.

백진정은 이해할 수 없다는 표정을 지었다.

"한 가지 무공을 창안하는 데 짧게는 몇 년이고 길게는 수십 년 세월이 걸리고, 또 뼈를 깎는 지난한 노력이 필요한 법인데 대체 어쩌려는 건가요? 문하 제자들이 그 세월 동안 기다려 줄 것 같은가요?"

"정 매, 주군께서 비룡운검을 하루 만에 창안하셨다는 얘기를 누구한테 들은 적이 없나?"

"……"

백진정은 그동안 해남비룡문에 머물면서 비룡운검에 푹 심취하여 익히고 있으며, 그 검법이 천하제일검법이라는 사실에 자신의 목을 걸어도 좋다고 호언장담하고 있었다.

그런 공전절후의 비룡운검을 화운룡이 단 하루 만에 창안했다니 이걸 믿어야 할지 말아야 할지 분간이 서지 않았다.

"주군, 정말인가요?"

이제는 백진정도 장하문을 따라서 화운룡을 주군이라고 호칭하고 있다.

화운룡은 덤덤하게 말했다.

"그건 하룡이 틀렸어."

"그렇죠? 그게 어떻게 가능하겠어요?"

백진정은 그것 보라는 표정으로 장하문을 쳐다보았다.

화운룡은 고개를 끄떡였다.

"사람 일이란 한 치 앞을 모르는 거야. 도법을 만드는 데 이틀이 걸릴 수도 있지만 창술을 만드는 데 반나절이 걸리기도 하지. 그건 직접 부딪쳐 봐야 알 수 있는 거야."

"……."

백진정은 철퇴로 뒤통수를 호되게 맞은 표정을 지었고 장하문은 유쾌한 웃음을 터뜨렸다.

"푸핫핫핫핫!"

화운룡이 천하제일인 십절무황의 삶을 살았었다는 사실을 알고 있는 벽상은 그를 바라보면서 찬탄의 표정을 감추려고 하지 않았다.

'과연 주군께선…….'

장하문은 웃음을 거두고 공손히 부탁했다.

"주군, 제가 지금부터 문하 제자들을 어떤 무공이 좋을지 자질별로 분류할 테니까 주군께선 아무쪼록 해남비룡문의 새로운 무공을 만들어주십시오."

"알았네."

"그리고 한 가지가 더 있습니다."

"뭔가?"

"주군의 측근 호위대를 만들었습니다."

화운룡은 귀찮은 듯 손을 저었다.

"그런 것 필요 없다."

장하문은 물러서지 않았다.

"주군께 무슨 일이 생기면 저희들은 물론이고 가족들과 해남비룡문도 끝장입니다."

"자네."

장하문은 삼고초려하는 심정으로 깊숙이 허리를 굽혔다.

"부디 허락해 주십시오."

화운룡이 쳐다보자 장하문은 얼굴이 바닥에 닿을 정도로 허리를 굽힌 채 고개를 들지 않았다.

화운룡은 속으로 낮은 신음을 흘리고 나서 물었다.

"호위대라는 게 누구누군가?"

장하문은 얼른 허리를 펴고 말했다.

"여기에 있는 벽상과 백진정, 전중, 셋째 소저인 화지연, 그리고 감중기입니다."

화운룡은 눈을 좁혔다.

"자네 연아의 자질은 언제 훔쳐본 건가?"

장하문은 겸연쩍게 웃었다.

"주군께서 연공실에서 삼 소저께 비룡운검을 가르치시는 광경을 가끔 봤었습니다."

"연아까지 넣어야 했느냐?"

"죄송합니다. 삼 소저의 자질이 워낙 출중하셔서……."

화운룡이 미간을 좁히자 장하문은 급히 허리를 굽혔다.

백진정은 장하문이 호위대를 만들어서 화운룡을 호위하면 그가 기뻐해야 마땅한데도 오히려 꾸중을 하는 것을 이해하지 못하고 물었다.

"주군, 측근 호위대를 두시면 좋지 않으신가요? 그런데 어째시 가가를 꾸짖으시죠?"

백진정은 화운룡을 원망하는 것이 아니라 순수하게 의문이 들어서 묻는 것이다.

"하룡에게 물어봐라."

원래 화운룡은 백진정에게 존대를 했는데 지금은 싸잡아서 하대를 했다.

백진정이 자신을 쳐다보자 장하문은 얼굴에서 웃음을 지우지 않으며 말했다.

"호위대는 주군 가까이에서 매일 같이 지내겠지?"

"그렇겠죠."

"주군께서 호위대라는 자들의 일신무공이 형편없는 것을 보시면 어떻게 하실 것 같은가?"

백진정은 머뭇거렸다.

"꾸… 짖지 않으실까요?"

트인 벽상이 나섰다.

"아니에요. 주군께선 형편없는 호위대에게 특별히 무공을 가르치실 거예요."

"……"

벽상은 제 말이 맞지 않느냐는 표정으로 화운룡을 쳐다보면서 말했다.

"우린 겉으로만 호위대이지 사실은 주군의 제자나 마찬가지가 되는 거죠."

장하문은 손을 저으며 너스레를 떨었다.

"나는 그런 깊은 뜻 같은 것은 모르겠고 그저 주군을 호위해야 한다는 갸륵한 심정으로……."

"하룡."

장하문은 얼굴에서 웃음을 지우고 공손히 고개를 숙였다.

"말씀하십시오."

"본 문 이전은 어찌 됐나?"

화운룡은 화제를 바꾸었다.

"다음 달이면 가능할 것입니다."

"오래 걸리는군."

새로운 해남비룡문 건설에 어마어마한 자금을 쏟아붓고 있어서 두세 달이면 끝날 줄 알았는데 다음 달이면 공사를 다섯 달이나 하는 것이다.

장하문은 고개를 숙였다.

"요새가 될 것입니다."

화운룡과 해남비룡문의 처지에 대해서 누구보다도 잘 알고 있는 장하문이니까 어련히 알아서 잘할 것이다.

또한 그는 기관지학에도 일가견이 있으며, 화운룡의 조언을 많이 참고했다.

백진정과 벽상은 화운룡이 호위대에 대해서 더 이상 말하지 않는 것을 받아들이는 것으로 짐작하여 크게 기뻐서 가슴이 두근거렸다.

해남비룡문으로 돌아온 지 닷새가 지났지만 주천곤에 대한 소식은 아직 없었다.

주천곤이 죽었다는 말을 들었을 때 사유란은 하루 종일 울다시피 하면서 슬픔에 잠겨 있었다.

하지만 남편이 살아 있을지도 모른다는 한 가닥 기대를 안고 있는 요즘은 생기를 조금 되찾았다.

사유란은 화운룡의 거처인 운룡재에서 한 걸음도 밖으로

나가지 않고 안에서만 지냈다. 화운룡 없이 옥봉과 단둘이서만 지내기 때문이었다.

처음에는 남편인 주천곤과, 그다음에는 사위인 화운룡과 생사고비를 여러 차례 넘겼던 그녀는 세상의 모든 것이 한없이 무섭기만 했다.

현재로서 그녀가 가장 믿고 의지하는 사람은 화운룡 한 사람뿐이다.

그가 없으면 불안해서 죽을 것 같고 그가 곁에 있으면 아무것도 무섭지 않아서 든든하다.

그리고 딸 옥봉하고 같이 있으면 위로가 되는 정도다.

화운룡이 없는 동안 옥봉과 사유란이 같이 잤지만 그가 돌아오고 나서는 예전처럼 세 사람이 한 침대에서 잤다.

지난 생에서 팔십사 년 동안 동정을 지켰던 화운룡은 성욕에 대해서는 달관한 상태다.

현재로서 그의 성욕을 자극할 만한 것은 존재하지 않는다고 봐야 한다.

그러므로 옥봉, 사유란과 한 침상에서 잔다고 해도 세 사람 모두 아무렇지도 않았다.

지난 닷새 동안 화운룡은 새로운 무공들을 창안했다.

도법과 창술, 비도술(飛刀術), 편법(鞭法), 궁술(弓術) 다섯 가지다.

새로 창안한 무공들이 적힌 책자를 장하문에게 주면서 도법과 창술, 권장법은 주로 힘이 센 남자들에게 가르치게 했으며 비도술과 궁술은 여자들에게 전수하도록 했다.

화운룡은 연공실로 향했다.

연공실에서는 벽상이 오룡위(五龍衛)라고 이름을 붙인 호위대가 비지땀을 흘리면서 비룡운검 검법 연마를 하고 있었다.

벽상 말에 의하면 오룡위는 다섯 명의 호위대가 용, 즉 화운룡을 호위한다는 뜻이라고 한다.

오룡위는 얼마나 열심히 검술 연마를 하고 있는지 화운룡이 들어온 것도 모를 정도였다.

화운룡이 오룡위에게 직접 비룡운검을 가르치기 시작한 지 오늘이 이틀째다.

어제 화운룡은 오룡위를 소집하여 별다른 말 없이 비룡운검을 기초부터 새로 가르쳤다.

장하문이 오룡위라고 뽑은 다섯 명은 사실 해남비룡문 내에서 자질이 가장 뛰어났다.

그래서 장하문은 화운룡이 그들을 직접 가르치면 무공이 일취월장할 것이고 다른 사람들보다 배 이상 진전이 빠를 것이라고 내다보았다.

그렇게 오룡위가 점차 고강해지면서 화운룡을 호위하는 일이나 그의 직속 명령에 충실하게 될 것이라는 게 장하문의 계획이었다.

화운룡은 오룡위가 비룡운검을 연마하는 것을 일각 정도 지켜보다가 밖으로 나갔다.

그는 일각 동안 지켜본 것만으로 오룡위 다섯 명의 자질과 특징을 정확하게 간파했다.

무공이란 다수에게 무조건 균등하게 가르친다고 해서 되는 것이 아니다.

각자의 자질과 특징을 잘 파악해서 거기에 맞춰 장점을 최대한 살리고 동시에 단점을 보완하는 가르침이야말로 최고의 가르침이라고 할 수 있었다.

화운룡이 오룡위 각자에게 맞는 무공을 가르치기 위하여 서재에서 준비를 하고 있을 때 문밖에서 소랑의 매우 조심스러운 목소리가 들렸다.

"공자, 숙빈 소저께서 오셨어요."

"들어오라고 해라."

"저… 그런데……."

소랑이 머뭇거리더니 곧이어 숙빈의 목소리가 들렸다.

"오라버니, 아버지하고 같이 왔어."

화운룡은 하던 일을 멈추고 일어섰다.

"숙부께서?"

그는 조무철이 왜 왔는지 짐작이 갔다.

그가 왜 왔을까 고심하지 않아도 그가 왔다는 말을 듣는 순간 반사적으로 그가 왜 왔을지 머릿속에 떠올랐다.

그것이 팔십사 년을 살았던 십절무황의 경륜이었다.

화운룡은 접객실 탁자에 조무철, 숙빈과 마주 앉았다.

조무철은 매우 비장한 표정이고 숙빈은 화운룡을 보자 애써 다정한 미소를 짓고 있었다.

도도가 들어와서 공손하면서도 절도 있는 동작으로 탁사에 세 개의 찻잔을 내려놓았다.

조무철과 숙빈은 도도가 하는 행동을 지켜보면서 새삼스럽게 화운룡이 대단한 사람으로 여겨졌다.

진검문의 소문주인 감도도는 예전에 진검문 내에서나 태주현 사람들에게 소야랑(小野狼)이라고 불릴 정도로 성격이 괴팍하고 말괄량이였다.

그런 그녀가 화운룡의 몸종이 될 줄 누가 짐작이나 했을 것이며 또한 이토록 온순한 모습이 됐다는 것 하나만 봐도 화운룡이 어떤 사람인지 짐작할 수 있을 것 같았다.

화운룡은 경직된 분위기를 부드럽게 하려고 미소 지으면서 찻잔을 가리켰다.

"숙부님, 차 드십시오."

조무철은 찻잔에는 손도 대지 않고 불쑥 본론을 꺼냈다.

"용아, 본 문을 거두어다오."

화운룡은 조무철이 이 말을 할 것이라고 예상했고 정확하게 맞았다.

도도는 문을 나가려다가 흠칫 놀라 멈춰서 놀란 얼굴로 뒤돌아보았다.

방금 도도가 잘못 듣지 않았다면 조무철이 화운룡에게 형산은월문을 받아달라고 말했다.

진검문과 함께 태주현 제일문파를 다투던 형산은월문이며, 진검문이 없어진 현재 명실공히 태주 제일문파인데 문주인 조무철이 직접 화운룡을 찾아와서 자신의 문파를 받아달라고 말한 것이다.

"숙부."

"많이 생각하고 내린 결론이니까 다른 말은 하지 말고 본문을 받아줄 수 있는지 아닌지만 답해다오."

조무철은 당금 상황에서 형산은월문이 살아남는 방법이 두 가지라고 판단했다.

형산은월문을 전격적으로 해체하는 것과 해남비룡문에 흡수시키는 것이다.

해체하는 것은 너무 억울하고 허무했다.

부친 조형래가 개파하여 오늘날 조무철까지 이대(二代)에 걸쳐서 온 가족의 피와 땀이 배어 있는 형산은월문인데, 하루아침에 수증기처럼 증발시킨다는 것은 차라리 죽으면 죽었지 못할 일이다.

또한 형산은월문에 속한 무사와 숙수, 하인과 하녀들 수가 백오십여 명이고, 그들에 딸린 식솔들까지 치면 무려 사백여 명에 이른다.

그러므로 형산은월문을 해체, 봉문하면 졸지에 사백여 명이나 되는 식솔들이 뿔뿔이 흩어져서 제각기 살길을 찾아야 하는데 그걸 생각하면 정말 못 할 짓이다.

그렇다고 강소성 남부 지역을 거의 손아귀에 넣은 태사해문이나 어떻게 해서라도 이곳까지 세력을 넓히려는 통천방이 언제 들이닥칠지 모르는 판국에 형산은월문 혼자서는 그야말로 바람 앞에 촛불 신세다.

형산은월문이 주축이 되어 태주현 인근의 방파와 문파들을 규합해서 대적을 해보는 방법도 생각해 봤지만 그건 도저히 엄두가 나지 않았다.

그래 봤자 태사해문과 통천방의 도발을 이겨낼 자신이 없기는 마찬가지다.

그래서 그럴 바에는 평소 혈육보다 더 가까운 의형이 있고 요즘 들어서 영웅이라고 칭찬해도 손색이 없을 정도로 맹활약하는 화운룡이 있는 해남비룡문에 의탁하는 것이 최선이라는 것에 가족의 의견이 모아졌다.

조무철과 숙빈은 진지하면서도 억눌린 표정으로 화운룡을 주시하며 그의 대답을 기다렸다.

슥!

화운룡은 일어나서 조무철에게 공손히 포권을 했다.

"숙부께서 도와주신다니 저로서는 그저 감사할 따름입니다."

굳었던 조무철의 얼굴이 약간 풀어지고 숙빈은 환한 표정을 지으며 한숨을 토해냈다.

"앞으로 숙부께서 미거한 저를 여러모로 이끌어주십시오."

조무철은 크게 고개를 끄떡였다.

"고맙다."

그 한마디뿐이지만 조무철은 심장이 울컥할 정도로 감명을 받았다.

화운룡이 추호도 교만하지 않고 또한 조무철과 숙빈을 부끄럽게 만들지 않으며, 오히려 도와주고 이끌어달라며 겸손하게 말하자 자신이 결정을 잘했다는 생각이 들었다.

도도는 새삼스러운 시선으로 화운룡을 바라보았다.

그녀의 눈에는 화운룡이 커다란 산처럼 보였다.

예전에 도도는 태주현 최악의 개망나니인 화운룡을 발가락에 낀 때만큼도 여기지 않았었지만 지금은 화운룡이라는 태산 한 귀퉁이에 그녀가 몸을 의탁하고 있었다.

그때 화운룡의 말이 도도를 일깨웠다.

"도도야, 가서 장 군사를 불러와라."

도도는 공손히 허리를 굽혔다.

"네."

*   *   *

형산은월문의 합류로 해남비룡문을 재정비하는 일은 다시한번 큰 수정을 거치면서 급물살을 탔다.

장하문은 형산은월문의 실무를 담당하는 총관과 아들 조연무와 긴밀하게 협의하여 형산은월문을 해남비룡문에 편입하는 업무를 진행했다.

그런데 또 하나의 예상하지 못했던 변화가 생겼다.

태주현 제일문파인 형산은월문이 자청해서 해남비룡문에 흡수하기를 원했다는 소문이 퍼지자 태주현 인근 유수의 여러 방파와 문파들이 크게 술렁거리는가 싶더니 급기야 앞다투어 자발적으로 해남비룡문에 흡수되기를 원하는 사건이 발생

한 것이다.

그런 방파와 문파들이 하도 많이 줄을 잇고 해남비룡문에 찾아오는 바람에 일일이 열거하기도 어려울 정도다.

그렇다고 해서 해남비룡문으로써는 어중이떠중이 쓸모도 없는 사람들을 다 받아들이는 데에는 한계가 있다.

결국 화운룡은 그들 방파와 문파들에서 엄선하여 꼭 필요한 사람들만 추려서 뽑으라고 장하문에게 지시했다.

저녁 식사에 조무철 가족이 초대되었다.

크고 둥근 탁자에 산해진미가 차려지고 화운룡 가족과 조무철 가족이 빙 둘러앉았다.

이 자리에는 양쪽 가족이 아닌 두 사람이 더 참석했는데 옥봉과 사유란이다.

그녀들이 그동안 너무 운룡재에서만 틀어박혀서 생활했던 터라 답답할 것이라고 여겨서 이 기회에 바깥바람을 쐬게 하려는 화운룡의 배려다.

술자리를 겸한 식사가 시작되어 중인은 이런저런 대화를 나누면서 자못 화기애애한 분위기가 형성되었다.

화명승은 형산은월문이 의탁할 정도로 해남비룡문이 승승장구하고 있다는 사실이 한없이 흡족하기만 했다.

더구나 이 모든 것이 외아들 화운룡 덕분이라는 사실이 그를 구름 위에 올려놓았다.

"여보게, 무제."

화명승이 온화하게 미소 지으며 입을 열자 조무철은 공손히 고개를 숙였다.

"말씀하십시오, 형님."

"내가 무얼 하나 생각한 게 있는데 그걸 발표하기 전에 자네 허락을 받아야 하네."

조무철은 의아한 표정을 지었다.

"그게 무엇이든 말씀하시면 소제는 따를 것입니다."

화명승은 술잔을 내려놓고 진지한 얼굴로 말했다.

"아버님과 용아, 그리고 가족들하고 의논을 했는데 본 문의 문파명을 이번 기회에 바꿀까 하네."

문파명을 바꾸다니 뜬금없는 말이다.

"문파명을 무엇으로……."

"비룡은월문이 어떨까 하는데, 무제 생각은 어떤가?"

"……."

조무철뿐만 아니라 숙빈과 부인, 조연무까지 네 사람은 그 순간 동작을 뚝 멈추면서 얼굴 가득 놀라움과 기쁨, 그리고 감격스러움을 떠올렸다.

조무철 가족은 해남비룡문에서 설마 이렇게까지 배려를 해줄 것이라고는 예상하지 못했었다.

사실 해남비룡문의 '해남'을 떼어내고 대신 형산은월문의 '은월'을 붙여서 '비룡은월문'으로 하는 것이 어떻겠느냐고 화명승에게 제안한 사람은 화운룡이었다.

문파를 맡기려고 몸과 마음을 한껏 굴신(屈身)하면서 들어온 조무철 가족을 위로하고 또 힘을 실어주려는 의도였다.

별것 아닌 것 같지만 실상 그것은 매우 중요하다.

문파명이 해남비룡문이라면 형산은월문과 조무철 가족은 흔적도 없이 흡수되는 것이지만, 비룡은월문이 된다면 형산은월문이 여전히 맥맥이 살아 있는 것이 되기 때문이다.

화명승은 해남비룡문의 일을 일체 화운룡에게 일임하고 자신은 해룡상단 일에만 전념하고 있었다.

그렇지만 화운룡의 제안에 화명승은 크게 기뻤다.

그렇게 하면 조무철과 그의 가족에게 큰 위안이 될 것이라고 짐작했기 때문이다.

화명승은 조무철이 울컥하는 듯한 표정으로 아무 말이 없자 조심스럽게 말했다.

"그게 마음에 들지 않는다면 은월비룡문은 어떤가? 나는 어쨌든 괜찮네."

"형님……"

비룡이라는 이름을 앞에 두어서 조무철에게 미안함을 느끼는 화명승의 진심을 알아차린 조무철은 감격하여 눈앞이 부예지고 가슴이 울컥거렸다.

"형님께선 어찌하여 이토록 너그러우신 겁니까? 소제는… 소제는……."

강철 같은 사내 조무철은 더 말을 하면 울음이 터질 것 같아서 말을 잇지 못했다.

하지만 숙빈과 그녀의 모친, 조연무는 벌써 굵은 눈물을 뚝뚝 흘리고 있었다.

화명승은 손을 저었다.

"허어… 자네들 울게 만들려고 이런 말을 꺼낸 게 아냐. 어서 그치게."

"형님……."

"알았네. 그럼 이제부터 본 문을 은월비룡문으로 하겠네."

"아닙니다! 절대 그럴 수는 없습니다!"

조무철이 벌떡 일어나서 두 손을 마구 저으며 외쳤다.

"자네 왜 그러나?"

화명승이 장사에는 귀신이라는 소리를 들으면서도 이런 상황에서는 앞뒤가 꽉 막혔다는 사실을 조무철은 잘 알고 있다.

"비룡은월문으로 하겠습니다."

"그게 좋겠나?"

"그렇습니다. 소제는 그 문파명이 마음에 꼭 듭니다."

화명승은 환하게 웃었다.

"하하하! 알았네. 그럼 그렇게 하세."

그는 술잔을 높이 들었다.

"비룡은월문의 탄생을 축하하세."

조무철을 비롯한 가족은 모두 감격하여 눈물을 흘리면서 잔을 들었다.

숙빈은 술잔을 들고 눈물을 흘리며 화운룡을 바라보았다. 그녀 생각에는 이것은 화운룡의 발상이 분명했다. 화운룡이 아니고는 그럴 사람이 없다.

화운룡이 부드러운 미소를 지으며 가볍게 고개를 끄떡이는 것을 보고 숙빈은 자신의 짐작이 맞았음을 확신하고는 가슴이 찢어지는 듯했다.

'내가 눈이 삐었어……'

저렇게 훌륭한 남자가 자신의 정혼자라는 사실을 부끄러워했던 것을 후회하고 있었다.

하지만 그랬을지언정 그녀는 화운룡에게 못되게 대한 적은 한 번도 없었다.

외려 그가 헌 내에서 곤란한 지경에 처해 있는 것을 보면 절대로 그냥 지나치지 않고 도움을 주었다.

숙빈의 시선이 화운룡 옆에 나란히 앉아 있는 옥봉과 사유란에게 향했다.

누가 설명해 주지 않았어도 숙빈은 그녀들 중에 사유란이 화운룡의 연인일 것이라고 짐작했다.

설마 사유란과 화운룡 사이에 앉은 저 소녀가 화운룡의 연인일 것이라고는 추호도 예상하지 못했다.

숙빈이 봤을 때 사유란은 화운룡보다 많아야 두세 살 연상일 것 같았다.

당금 대명 황제의 조카라는 어마어마한 신분인 공주에 눈부신 미모를 지녔으니 화운룡보다 나이가 몇 살 많은 것은 흠이 되지 않을 것 같았다.

사유란은 나이보다 훨씬 어려 보이기 때문에 숙빈이 그렇게 생각하는 것도 무리가 아니었다.

더 나아가서 숙빈은 옥봉이 사유란의 여동생일 것이라고 짐작했다.

숙빈이 보기에 사유란과 옥봉 자매는 너무나도 아름다워서 자신이 초라해지는 것 같았다.

옥봉의 신분에 대해서는 화운룡과 장하문, 그리고 가족들만 알고 있었다.

그들이 곧게 입을 닫고 있는 한 옥봉이 누구인지 아무도 모를 것이다.

저녁 식사가 늦게 끝나고 화운룡은 옥봉, 사유란과 함께 운룡재로 돌아왔다.

기다리고 있던 장하문이 서재로 화운룡을 따라 들어왔다.

"태사해문이 우리가 전하를 찾고 있다는 사실을 알게 되었습니다."

해남비룡문이 주축이 되어 태주현과 양주현 일대에서 누군가를 찾고 있는데 그 사람의 도영(초상화)이 개가 물고 다닐 정도로 흔하게 나돌아 다니게 되니까 태사해문이 그 사실을 모를 리가 없다.

화운룡은 도도에게 술을 가져오라고 지시했다.

"그들은 또한 본 문의 변화도 알았겠지?"

해남비룡문이 대대적인 재정비에 돌입했으며 형산은월문이 합류한 사실을 말하는 것이다.

장하문은 미소를 지었다.

"귀머거리가 아닌 이상 알겠지요."

그렇다고 해도 화운룡은 이제 믿는 것이 생겨서 태사해문에 대해서는 걱정을 덜었다.

원래는 해남비룡문을 재정비하여 빠른 시일 안에 강력한 문파로 성장시켜서 자력으로 태사해문이나 통천방의 공격을 방어하겠다는 계획이었다.

태사해문이나 통천방이 지금 당장 해남비룡문, 아니, 비룡은월문에게 위협이 되려면 최소한 백 명 이상의 고수를 보내야만 할 것이다.

그래야지만 비룡은월문을 압도적으로 짓밟아서 자신들이 원하는 바를 이룰 수가 있다.

그들이 그 이하의 고수를 보내고 비룡은월문이 죽기 살기로 반항을 한다면 양쪽 다 몰살하는 양패구상이나 운이 좋으면 비룡은월문이 상처뿐인 승리를 얻을 수도 있을 것이다.

하지만 화운룡은 태사해문이나 통천방이 지금 당장 대주현으로 백 명 이상의 고수를 보내기는 쉽지 않을 것이라고 예상했다.

태사해문은 강소성 남부 지역을 장악하기 위해서 이십오 개의 현에 지부나 분타를 세웠으며 그 각각에 최소한 열 명씩의 고수만을 파견한다고 해도 이백오십 명이다.

그렇지만 태사해문의 세력권은 강소성 남부 지역만 있는 것이 아니다.

원래 태극신궁의 영역은 안휘성 전역이고 사해검문의 영역은 강소성 서쪽 지역이다.

그러므로 태사해문이 자신의 영역을 지키는 것만으로도 상당수의 고수들이 필요할 것이다.

더구나 태사해문은 가짜 주천곤의 시신을 북경으로 운구하는 일에 칠십여 명의 고수를 보냈다가 한 명도 돌아오지 않은 뼈아픈 일을 당했다.

그러므로 태사해문으로서는 빠른 시일 안에 비룡은월문을 어떻게 하지 못할 것이라는 게 화운룡의 생각이다.

통천방 역시 태사해문의 세력권인 태주현에 함부로 많은 수의 고수들을 선뜻 파견하지는 못할 터이다.

그렇게 태사해문과 통천방이 섣불리 어떤 행동을 취하지 못할 때 비룡은월문은 급속도로 빠른 성장을 이루어야만 한다.

이제 비룡은월문은 덩치가 제법 커졌다.

형산은월문 칠십여 명 전원을 흡수하고 태주현 인근 방파와 문파들에서 엄선하여 받아들인 사람이 백사십여 명이다.

그로써 비룡은월문은 무사의 수만 무려 오백구십여 명이며, 거기에 오룡위라든지 계산에 넣지 않은 몇몇 사람을 더하면 육백 명이 훌쩍 넘어간다.

그 정도 인원이면 대문파까지는 아니더라도 중간 규모의 문파는 된다.

화운룡은 고개를 끄떡였다.

"태사해문이나 통천방은 당분간 우리를 건드리지 못할 테니까 그사이에 우린 문하 제자들의 무위를 최대한 빠르게 증진시키고 본 문 이전을 해야 한다."

화운룡의 목표는 거기까지였다.

태사해문이든 통천방이든 광덕왕이든 어느 누구라도 비룡은월문을 건드리지 못하게 만들면 된다.

"전력을 다하고 있습니다."

장하문은 진지한 표정을 지었다.

"현재 문하 제자들의 재분류와 배치가 완전히 끝났으며 식사 시간과 하루 두 시진 수면 시간을 제외한 전 시간을 무공 연마에 매진하여 무공 증진 속도를 내고 있습니다."

"도태되는 자는 즉각 내보내라."

"그럴 생각입니다."

소랑과 도도가 들어와서 술과 요리를 차렸다.

장하문이 술을 따르는데 소랑이 공손히 말했다.

"숙빈 소저와 조 상공이 오셨어요."

"들어오라고 해라."

저녁 식사 후에 무공 연마를 하고 있는 줄 알았던 숙빈이 오빠와 함께 화운룡을 찾아왔다는 것이다.

그러나 화운룡은 숙빈과 조연무가 왜 자신을 찾아왔는지 짐작이 갔다.

화운룡은 나가려는 도도를 불렀다.

"도도야, 너는 여기에 있어라."

"네."

도도는 남아서 잔심부름이나 하라는 뜻으로 알아듣고 공손히 허리를 굽혔다.

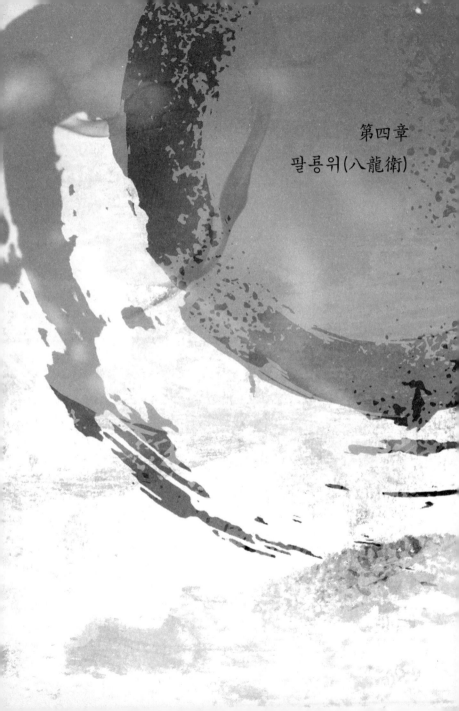

第四章

팔룡위(八龍衛)

술자리에 숙빈과 조연무가 동석했다.

"오라버니에게 부탁이 있어."

"말해라."

화운룡은 그녀가 무슨 부탁을 하려는 것인지 짐작하면서 고개를 끄떡였다.

숙빈은 조금 머뭇거리다가 용기를 내서 말했다.

"우리 두 사람 오라버니 호위대 시켜줘."

화운룡은 숙빈의 근골을 자세히 살핀 적이 있어서 그녀가 무공을 연마하기에 좋은 무골이라는 사실을 알고 있다.

그래서 처음에는 형산은월문의 성명검법인 은월류검법을 수정, 보완해 주려다가 생각을 바꿔서 기절검법과 기천심공을 적은 책자를 주었던 것이다.

숙빈은 오룡위 각자에 비해서 전혀 꿀리지 않는 근골이고 자질이므로 호위대로 받아들이지 못할 이유가 없다.

화운룡은 조연무에게 손을 내밀었다.

"연무 형님, 한번 봅시다."

조연무는 이십오 세로 화운룡보다 다섯 살이나 많다.

그는 매우 깐깐하고 원칙적인 성격이라서 얼마 전까지만 해도 화운룡을 인간으로 취급하지 않았고 틈만 나면 부친에게 화운룡과 숙빈의 정혼을 파혼하라고 종용했다.

그렇다고 그를 탓할 일이 아니다. 누가 숙빈의 오빠라고 해도 그렇게 했을 것이다.

그러나 지금은 아니다. 화운룡이 이끄는 해남비룡문이 어떻게 되어가고 있는지 알고 있으며 지난번 남량강 상류의 싸움에 그가 무리를 이끌고 동창고수들과 어떻게 싸웠는지 두 눈으로 똑똑히 목격한 조연무다.

그는 때를 아는 사람이다. 과거 화운룡이 어쨌든 간에 현재가 중요하다고 생각했다.

조연무는 일어나서 화운룡 앞에 섰다.

화운룡은 손을 내밀어 조연무의 손목을 잡고 진기를 약간 주입시켰다.

그러다가 그는 자신의 공력이 십사 년으로 증진됐다는 사실을 알게 되었다.

집으로 돌아온 후 제대로 공력을 점검해 볼 시간이 없었는데 어느새 공력이 증진되어 있었다.

화운룡은 조연무의 손목으로 주입한 공력을 체내로 일주천시켜서 그의 체질과 자질 등의 정보를 알아냈다.

이런 방법으로 상대에 대해서 알아내는 사람은 아마 천하에서 화운룡 한 사람뿐일 것이다.

어떤 정해진 방식이 있는 것이 아니라 수십 년 동안 수천 명의 사람을 상대로 조사하나 보니까 저절로 익혀진 그만의 방법이다.

화운룡은 일어나서 이번에는 두 손으로 조연무의 머리에서 무릎까지 온몸을 골고루 쓰다듬고 일일이 주무르면서 근골을 알아보았다.

조연무는 지그시 눈을 감은 채 음미하듯 자신의 몸을 만지고 있는 화운룡의 엄숙한 얼굴을 한 뼘 거리에서 보고는 자못 긴장했다.

지금 그가 보고 있는 화운룡의 모습은 익히 알고 있는 개망나니하고는 거리가 멀었다.

오히려 초범입성 속세를 초월한 풍모가 엿보여서 조연무는 숨이 멎을 것만 같았다.

예전에 그는 거리에서 몇 번 화운룡을 본 적이 있었는데 그때 모습이 개차반이라면 지금 모습은 신선 같았다.

"음, 괜찮군."

이윽고 화운룡은 조연무에게서 손을 떼고 자리에 앉았다.

"숙빈보다 조금 안 좋지만 그래도 중상에 속합니다."

조연무와 숙빈은 화운룡이 거두절미 예의를 차리지 않고 솔직하게 말하는 것이 오히려 편했다.

"그러나 숙빈하고는 달리 연무 형님은 체내에 음양의 기운이 고르고 자질과 근골로 보아 비룡십절검공결을 연마하면 좋을 것 같습니다."

비룡운검과 십절신공을 합한 것이 비룡십절검공결이다.

숙빈이 긴장하는 얼굴로 물었다.

"그럼 우릴 오라버니의 호위대에 끼워주는 거야?"

"왜 호위대가 되려고 하는 거지?"

숙빈은 입술을 삐죽거렸다.

"호위대를 오룡위라고 하는데 그들이 실질적으로 오라버니의 제자라는 사실을 알고 있어."

화운룡은 실소했다.

"제자는 무슨……"

"어쨌든 우릴 호위대에 끼워줄 거지?"

숙빈은 쉽게 물러날 것 같지 않았다.

화운룡이 봤을 때 숙빈과 조연무는 자질과 근골이 뛰어나서 그가 따로 가르치면 빠른 성취와 좋은 결과를 이룰 수 있을 것 같았다.

"알았다."

"내 근골은 안 살펴봐도 돼?"

"너는 됐다."

"피이……."

화운룡은 문을 가리켰다.

"내일 아침에 내게 와라."

두 사람이 나간 후에 화운룡은 도도를 가까이 불렀다.

"손 내밀어라."

"네?"

느닷없는 화운룡의 말에 도도는 움찔 놀랐다.

화운룡은 손을 뻗어 멀뚱하게 서 있는 그녀의 손목을 잡고 공력을 주입시켰다.

"아……."

조금 전에 화운룡이 조연무의 손목을 잡고 무엇을 했는지 지켜봤던 도도는 그가 자기에게도 똑같은 행동을 하자 화들짝 놀랐다.

화운룡이 측정해 본 결과 도도는 음기가 강하며 공력은 숙빈과 같은 이십 년 수준이다.

화운룡은 일어나서 키가 자신 목에도 차지 않는 도도의 정수리에 손바닥을 펼쳐서 덮었다.

이어서 두 손으로 천천히 머리와 목, 어깨, 등, 허리, 엉덩이를 쓰다듬고 누르면서 근골을 살폈다.

도도는 움찔하면서 한 걸음 옆으로 피했다.

화운룡은 그녀를 쳐다볼 뿐 이리 오라거나 뭐라고 말하지 않고 가만히 있었다.

쭈뼛거리던 도도는 화운룡이 다시 자리에 앉으려는 것을 보고 급히 원위치로 다가갔다.

"잘못했습니다. 다시 하세요."

그녀는 화운룡이 자신의 손목을 잡고 몸을 만지는 것이 자질과 근골을 살피는 것이라고 생각했다.

난생처음 남자가 몸을 주무르자 본능적으로 화들짝 놀라서 급히 피했던 것이지만 화운룡을 음흉한 사람이라고는 생각하지 않았다.

화운룡이 어떤 사람이라고 누누이 설명한 소랑의 말이 굳이 아니더라도, 도도가 지난 몇 달 동안 직접 측근에서 모시면서 겪어본 화운룡은 아직 어린 나이인데도 대인 중에서 대인의 풍모를 지니고 있었다.

도도가 그동안 숱하게 들어왔던 화운룡에 대한 소문은 전부 새빨간 거짓말이었다.

도도는 화운룡이 자신의 자질과 근골을 살피려는 것은 어쩌면 어떤 기회를 주려는 것인지도 모른다고 조심스럽게 생각하면서 가슴이 두근거렸다.

화운룡은 아무 말 없이 도도의 온몸을 두루 만져보고 난 후에야 일어나서 자리에 앉았다.

"도도야."

그는 도도의 두 손을 잡고 자신의 앞에 돌려 세우고 나서 손을 뗐다.

"네."

"나를 원망하느냐?"

"……"

화운룡이 묻자 도도는 갑자기 눈물이 핑 돌았다.

"너를 오랫동안 내 몸종으로 두어 고생을 시켰으니 나를 원망하는 것은 당연하다."

도도의 두 눈에 가득 고였던 눈물이 주르르 뺨을 타고 흘러내렸다.

이럴 때는 화운룡이 두 살 연상이 아니라 마치 자상한 할아버지처럼 느껴졌다.

화운룡의 잔잔한 말이 이어졌다.

"사실은 너의 괄괄하고 반항적인 성격을 좀 누그러뜨리려고 내 몸종에 놔둔 것이었다."

도도는 고개를 푹 숙이고 두 손을 앞에 모아 옷자락을 만지작거리는데 손등으로 눈물이 후드득 떨어졌다.

"내일 아침에 연공실에 와라."

도도는 닭똥 같은 눈물을 흘리면서 화운룡을 바라보았다. 왜 연공실로 오라고 하는 것이냐고 묻고 싶은데 울음이 나올 것 같아서 말을 할 수가 없다.

"도도 너는 내일부터 내 호위대다."

"흐윽!"

도도는 울음을 터뜨리며 앞으로 몸을 숙이다가 앉아 있는 화운룡 무릎에 엎어졌다.

"으흑흑흑……!"

그녀는 바닥에 무릎을 꿇고 그의 무릎에 얼굴과 상체를 얹은 채 오열하듯이 흐느껴 울었다.

그녀가 왜 우는지 아는 화운룡은 아무 말도 하지 않고 그녀의 머리를 부드럽게 쓰다듬었다.

장하문이 술을 따르면서 말했다.

"이제 팔룡위(八龍衛)가 되었군요."

원래 오룡위였는데 숙빈과 조연무, 도도까지 여덟 명이 됐으니까 팔룡위가 되었다는 뜻이다.

화운룡은 고개를 끄떡였다.

"이런 식으로 젊은 실력자들을 양성한다면 우린 머지않아서 자립하게 될 거야."

장하문은 엷은 미소를 지었다.

"저는 이제 조금씩 주군께 동화되는 것 같습니다."

"천하제패의 야망을 버리는 것 말인가?"

"그렇습니다. 요즘 들어서 천하를 제패하는 야망을 품는 것이나 존경하는 분을 모시고 사랑하는 여인과 함께 소박하고 여유 있게 사는 것이나 다 마음먹기 나름일지도 모른다는 생각을 하게 되었습니다."

화운룡은 고개를 끄떡였다.

"나는 수십 년이 걸려서 깨달은 것을 자넨 반년 남짓 만에 깨달았군."

"주군께서 팔십사 년 동안 걸려서 깨달으신 것을 저에게 고스란히 전해주시는 덕분입니다."

화운룡이 마신 빈 잔에 술을 따르면서 장하문이 조심스럽게 말했다.

"만공상판에게서 소식이 없군요."

사실 해남비룡문으로 돌아오는 동안 만공상판은 기회가 있을 때마다 화운룡에게 한 가지 사실에 대해서 집요하게 물고 늘어졌다.

화운룡이 동창고수들과 싸울 때 전개했던 검법이 청룡전광검이 맞는 것인지, 그렇다면 그가 그것을 대체 어디에서 배웠는지 알고 싶어 했다.

그러나 화운룡으로서는 그것을 호락호락 가르쳐 줄 수 없는 일이다.

그걸 알려주려면 자신이 십절무황이었다는 사실을 설명해야만 하기 때문이다.

화운룡이 좀처럼 대답을 하지 않자 만공상판이 한 가지 제안을 했다. 자신이 주천곤을 찾아오면 사실대로 말해달라고 말이다.

화운룡으로서는 비룡은월문을 지켜야 하기 때문에 자리를 비울 수가 없으며 비운다고 해도 사람 찾는 일은 별다른 재주가 없는 탓에 별무소용이다.

예전에 사람을 찾거나 하는 자질구레한 일들은 다 수하들을 시켰기 때문에 그는 그런 일을 해볼 기회가 없었다.

하지만 만공상판 같은 인물은 다르다. 절학이 있는 곳과 자신이 지니고 있는 무공을 필요로 하는 사람이 누군지 귀신처럼 알아내고 찾아가는 그의 능력이라면 주천곤을 찾아낼 수도 있을 것이라는 것이 화운룡의 생각이다.

그래서 만공상판의 제안을 받아들였으며 그것이 엿새 전의 일이었다.

술이 좀 취해서 거처로 돌아온 화운룡은 옥봉의 손에 이끌려 욕실로 들어갔다.

예전에는 소랑이 했던 일들을 지금은 옥봉이 하고 있다. 그녀는 화운룡이 아무리 취해서 와도 절대로 그냥 자도록 내버려 두지 않았다.

수증기를 뿜어내고 있는 커다란 욕조 안에 짧은 목욕용 바지를 입은 화운룡이 앉아 있고 옥봉이 어깨를 닦고 있다.

옥봉이 소랑과 하녀들을 시켜 화운룡이 돌아올 때까지 계속 물을 끓어서 채운 것이다.

"이제 용공 모습이 보기 좋아요."

욕조에서 나와 작은 앉은뱅이 나무 의자에 앉아 있는 화운룡의 몸에 향기로운 향유를 묻힌 비단 천을 문질러서 거품을 일으키며 옥봉이 말했다.

"처음 뵈었을 때는 너무 심하게 말라서 많이 놀랐어요."

화운룡이 개망나니 약룡이었을 때에는 뼈에 가죽을 입혀놓은 것처럼 비쩍 마른 앙상한 몰골이었다.

십절무황 화운룡은 육십사 년 전으로 돌아와서 자신의 형편없는 처지와 몰골을 보고는, 이래서는 안 되겠다 싶어 무공 연마를 하면서 살과 근육을 키우기 시작해 지금의 몸이 되었다.

그래도 예전 전성기 시절의 탄탄한 몸으로 돌아가려면 아직 멀었다.

십절무황이 되기 전의 그는 삼십여 년 동안 천하를 종횡하면서 무적검신이라는 별호로 불렸는데 그 당시 그의 몸은 온몸이 잘 발달된 근육덩어리였으며 보는 사람마다 찬탄을 금하지 못했다.

화운룡은 미소를 지었다.

"봉애도 말랐어."

옥봉은 종알거렸다.

"그래도 왕부에 있을 때보다 많이 살쪘어요."

"봉애는 너무 작아. 많이 먹어서 어서 커야지."

그 말에 옥봉은 시무룩해졌다.

"절 보세요. 키가 용공의 가슴에도 이르지 않고 몸통은 절반에도 미치지 못해요. 아직 햇병아리 같은 어린애라고요. 정말 속상해요."

옥봉은 앉아 있는 화운룡의 등에 자신의 등을 붙이고 앉아서 허리를 꼿꼿하게 폈다.

"이것 보세요. 제 키가 용공 목에도 차지 않아요."

"하하하하!"

화운룡은 옥봉이 하는 행동이 하도 귀엽고 우스워서 명랑

한 웃음을 터뜨렸다.

옥봉이 팔짱을 끼고 그를 곱게 흘겼다.

"소녀는 심각한데 용공께선 웃으시다니요?"

화운룡은 옥봉을 번쩍 안고 일어섰다.

"밤이 늦었다. 어서 자자."

화운룡은 자다가 우는 소리에 깼다.

눈을 떠보니 캄캄한 실내 그의 바로 왼쪽에서 사유란이 흐
느껴 울고 있었다.

"으흐흑… 전하… 어디에 계세요……."

사유란은 화운룡에게 등을 보인 채 돌아누워 잠꼬대를 하
면서 울고 있었다.

"으으… 흑흑… 용청… 무서워… 날 구해줘……."

그녀는 악몽을 꾸면서 남편 주천곤을 불렀다가는 화운룡
을 부르기도 했다.

남편은 너무 그립고 걱정이 되는 것이며 화운룡에게는 무
서워서 도움을 청하는 것이다.

옥봉은 화운룡의 오른쪽에서 그의 팔베개를 하고 곤히 자
고 있으며 사유란의 우는 소리를 듣지 못한 모양이다.

사유란이 쉬이 울음을 그칠 것 같지 않아 화운룡은 팔을
뻗어 그녀를 끌어당겼다.

그러자 그녀가 움찔하는 것 같더니 반쯤 잠에서 깨어 몸을 돌려 그에게 안겼다.

"용청……."

"어머님, 걱정하지 마세요. 아버님은 무사하실 겁니다."

"으흑흑… 용청……."

사유란은 낮게 흐느끼면서 그의 품으로 파고들었다.

화운룡은 어떤 위로도 소용이 없다는 것을 알고 있기에 그저 사유란을 안고 그녀의 머리를 쓰다듬어 줄 뿐이다.

옥봉은 자고 있지 않았다. 그녀는 사유란의 흐느낌 소리에 진작 잠이 깼으나 어떻게 해야 그녀를 위로할지 몰라서 자신도 그저 소리 없이 눈물만 흘리고 있었다.

화운룡은 이른 새벽에 눈을 떴다.

더운 여름이라서 옥봉과 사유란은 얇고 짧은 잠옷을 입은 채 이불을 덮지도 않고 자고 있었다.

화운룡은 그녀들이 깨지 않도록 조심해서 일어나 곧장 연공실로 갔다.

한 차례 운공조식을 하고 나서 청룡전광검 일초식 십팔변을 네 차례 전개했다.

이제 그는 청룡전광검 일초식을 완벽에 가까울 정도로 전개할 수 있다.

물론 십사 년 공력으로 전개할 수 있는 최고치다. 그 정도 공력으로는 청룡전광검 일초식이 지니고 있는 능력의 일 할 정도밖에는 발휘하지 못한다.

청룡전광검 일초식 명칭은 청비(靑飛)다.

일초식 십팔변 전체가 푸르고도 빠른 날개로 이루어져, 때로는 그것들이 서로 이어지고 조화를 이루면서, 그리고 때로는 따로 일변씩 각각 독립하여 위력을 발휘한다.

청룡전광검 사초식이 하나같이 극쾌한 것은 두말할 필요도 없으며, 청비의 특징은 곡비검(曲飛劍), 즉 검이 휘어지면서 비행하는 것이다.

예전 십절무황이었던 시절의 화운룡이 삼백 년 공력으로 청비를 전개하면 푸른 검강이 삼 장이나 길게 뻗어나가고, 발출하면 푸른 검신이 백여 장까지 빛처럼 쏘아 나갔다.

하지만 현재 십사 년의 공력으로는 검강은커녕 검기도 만들어내지 못한다.

'용탄(龍彈)이라면……'

화운룡은 오늘부터 청룡전광검 이초식 용탄을 전개해 볼 생각이다.

일초식 청비로는 어렵지만 용탄이라면 십사 년 공력으로 혹시 검풍을 만들어낼 수 있을지 모른다.

용탄은 검기나 검강을 화살보다 열 배 이상 빠른 속도로 발출하는 초식이다.

그래서 십사 년 공력으로 용탄을 응용해서 검강 대신 검풍을 발출해 보려는 의도다.

화운룡은 한 시진 동안 쉬지 않고 용탄을 연마하고는 기진맥진해서 검을 쥔 채 바닥에 주저앉아 헐떡거렸다.

"헉헉헉……."

예전에 수십만 번이나 시전했던 초식이라서 펼치는 것은 어렵지 않지만 기대했던 검풍은 감감무소식, 만들어질 기미조차 보이지 않았다.

안 되는 것을 억지로 계속한다고 해서 되는 게 아니다. 지금은 반복해서 연마할 때가 아니라 무엇이 문제이고 어떻게 하면 검풍이 일어날 것인지를 연구할 때였다.

그러므로 시간을 두고 이런 방법, 저런 방법 수없이 시험을 해봐야 할 것이다.

그가 땀범벅이 되어 연공실에서 나오자 기다리고 있던 도도가 공손히 허리를 굽혔다.

"주인님, 막화와 잠송이라는 사람이 왔습니다."

도도는 평소에 화운룡을 주인님이라고 호칭했다. 몸종은 하녀하고 달라서 화운룡을 그렇게 불러야 한다고 소랑이 가르쳐 주었다고 한다.

화운룡은 그런 도도의 호칭을 내버려 두었다. 말괄량이인 그녀를 온순하게 길들이는 방법의 일환이기도 하지만 구태여 그만두게 할 이유가 없었다.

그러나 이제부터는 아니다.

"도도야, 넌 이제 팔룡위가 됐으니까 날 주인님이라고 부르지 마라."

"네, 주인님."

도도는 또 주인님이라고 부르고는 얼른 허리를 굽혔다.

"잘… 못했습니다, 주인님."

이래서 습관이라는 것은 무섭다. 그녀는 다섯 달 동안 하루에도 몇 번씩이나 화운룡을 주인님이라고 부르더니 그새 입에 밴 모양이다.

화운룡은 막화와 잠송을 식당으로 오게 했다.

태주현 하오문 탁목방의 막화와 양주현 하오문 홍로방의 잠송을 오늘 아침에 비룡은월문으로 부른 것은 화운룡이다.

화운룡은 평소에 아침 식사를 반드시 옥봉과 사유란, 장하문, 백진정, 벽상 등과 함께하지만 오늘은 옥봉과 사유란을 부르지 않았다.

막화와 잠송은 하오배인 자신들이 으리으리한 식당에 화운룡 일행과 같은 탁자에 앉아서 식사를 할 거라는 사실 때문에 정신이 반쯤 나간 상태였다.

듬직한 성격에다 이십이 세인 막화는 그래도 덜한데 십팔 세에 아직 결이 고우며 세속의 때가 덜 묻은 잠송은 어쩔 줄 모르고 안절부절못했다.

막화와 잠송처럼 좌불안석인 사람이 한 명 더 있었다. 어젯밤에 전격적으로 팔룡위가 되어 오늘 아침부터 화운룡과 같이 식사하기로 한 도도다.

어제저녁까지만 해도 화운룡의 몸종이었던 그녀로선 이러는 것은 천지개벽할 일이다.

그녀가 예전 진검문 소문주 시절에는 가족들과 둘러앉아서 하녀들의 시중을 받으면서 이런 식으로 식사를 하는 것이 당연한 예삿일이었지만, 다섯 달 동안의 몸종 생활은 십팔 년 동안의 그런 생활보다 더 깊게 각인되어서 그녀를 좌불안석으로 만들었다.

어쨌든 아침 식사가 시작됐다.

"먹자."

화운룡의 말에 자연스럽게 식사하는 사람들과 부자연스럽게 머뭇거리는 사람들이 젓가락을 움직이기 시작했다.

화운룡 좌우에는 벽상과 도도가 앉았는데 도도가 화운룡의 식사 수발을 들었다.

누가 시키지도 않았지만 그녀는 자신이 그렇게 해야만 마음이 편할 것 같았다.

막화와 잠송이 어쩔 줄 모르고 쩔쩔매든 말든 아무도 뭐라는 사람 없이 묵묵히 식사를 했다.

도도가 맛있는 고기를 집어서 자신의 접시에 놓는 것을 보고 나서 화운룡이 막화와 잠송에게 말했다.

"본 문의 눈과 귀가 되어줄 부서를 만들어서 너희 둘에게 맡기고 싶다."

막화와 잠송은 어색한 젓가락질을 뚝 멈추고 크게 놀라서 화운룡을 쳐다보았다.

"당명을 천지당(天地堂)이라 하고 본 문 내에는 천지내당을, 본 문 밖에 천지외당을 두어서 자유롭게 활동할 수 있도록 해주겠다."

막화와 잠송은 눈도 깜빡이지 않고 숨조차 멈춘 채 화운룡의 다음 말을 기다렸다.

지금 화운룡의 입에서 두 사람, 아니, 두 사람과 연관된 수십 명의 운명이 흘러나오고 있다.

"막화는 내당을, 잠송은 외당을 맡는 것이 좋겠다. 막화에겐 본 문 당주에 해당하는 대우와 녹봉을 주고 외당주인 잠송에겐 소장 포구의 하역권 전체를 주겠다."

"아아······."

둘 다 크게 놀라는데 잠송은 믿어지지 않는다는 표정을 지으며 벌떡 일어섰다.

"소장 포구 하역권 전체를 주시는 겁니까?"

소장 포구에는 해룡상단의 상선이 스물세 척 있으며 인부들 여덟 개 조가 상선을 두세 척씩 맡아서 하역을 하고 있다.

화운룡이 알아본 바에 의하면 여덟 개 조가 소장 포구에서 벌어들이는 돈의 액수는 월 은자 천오백 냥이라고 했다.

하역이라는 것은 자본이나 재료가 드는 것이 아니라 순전히 노동력이기 때문에 버는 돈 은자 천오백 냥은 고스란히 순수익이다.

그래서 잠송은 지난번에 화운룡에게 자신에게도 하나의 조의 권리를 달라고 부탁했다.

현재 여덟 개 조인데 조 하나를 더 만들어서 아홉 개 조로 해달라는 뜻이었다.

그런데 여덟 개 조가 맡아서 하던 하역권 전체를 잠송에게 주겠다니 귀를 의심할 수밖에 없는 일이다.

"자세한 사항은 장 군사가 알려줄 것이다. 하겠느냐?"

막화는 벌떡 일어나 깊숙이 허리를 굽혔다.

"하겠습니다."

잠송도 질세라 후다닥 일어나더니 아예 바닥에 납작하게 부복을 하며 외쳤다.

"무조건 하겠습니다!"

화운룡은 막화와 잠송을 자리에 앉게 한 후에 말했다.

"너희가 최우선으로 해야 할 일은 일전에 나누어주었던 도영의 인물을 찾는 것이다."

그렇지 않아도 막화의 탁목방과 잠송의 홍로방은 전력으로 주천곤을 찾고 있는 중이다. 자신들이 할 수 있는 최대의 노력을 기울이고 있었다.

"돈은 얼마가 들어도 상관없다. 방의 인원을 더 많이 보강하여 그 사람을 찾아라."

막화와 잠송은 이마가 탁자에 닿도록 고개를 숙였다.

"명을 받듭니다."

돈이 얼마가 들어도 좋다는 단서가 붙으면 얘기가 달라진다.

거기에 장하문이 말을 보탰다.

"그가 죽었다면 모르거니와 살아 있다면 이미 깊숙한 곳에 은둔했을 것이다. 그러므로 겉이 아니라 속을 뒤져라."

"알겠습니다."

"거듭 명심할 것은, 태사해문이 몰라야 한다."

운룡재 연공실은 화운룡이 혼자 사용하던 곳이라서 그리 크지 않은데 팔룡위와 정현사위의 창천과 보진까지 열 명이 모이자 꽉 찼다.

화운룡이 창천과 보진을 부른 이유는 두 사람도 팔룡위와 함께 무공 연마를 하여 실력을 증진시키라는 뜻이다.

"정아와 연아는 비룡운검을 계속 연마하되 지금부터 창술을 병행한다."

화운룡이 열 명을 일렬로 나란히 세워놓고 말하자 백진정과 화지연이 깜짝 놀랐다.

"창술이라고요?"

"그렇다. 너희는 체구가 작아서 팔이 짧아 검법만으로는 불리하기 때문에 창술로 보완하는 것이다."

자신들이 창술을 배우게 될 것이라고는 꿈에도 예상하지 못했던 백진정과 화지연은 적잖이 당황하면서도 썩 내키지 않은 표정이다.

"도검보다 서너 배 긴 창을 제대로 활용하면 싸움에서 당할 자가 없다."

"창은 무겁잖아요."

화지연이 우는 소리를 했다.

"네가 현재 사용하고 있는 검보다 가벼운 창을 만들어주마."

"긴 창을 어떻게 지니고 다니죠?"

백진정은 미간을 예쁘게 찡그리며 말하는데 자신이 불만을 표출하는 게 아닌 것처럼 보이려고 애썼다.

화운룡은 두 손을 펴서 한 자 길이로 벌려 보았다.

"이 정도 길이면 되겠느냐?"

"고만한 창으로 뭘 하려고요?"

화운룡은 뒷짐을 졌다.

"접으면 한 자 길이 단봉(短棒)이 되고 펼치면 여덟 자의 장 창이 되는 무기를 만들어주마."

백진정과 화지연은 눈을 동그랗게 뜨며 놀랐다.

"그런 게 어디에 있어요?"

뒤에 서 있는 장하문이 담담히 미소 지으며 말했다.

"내가 이미 주문을 해놨으니까 며칠 후면 그 신병(神兵)을 직접 보게 될 겁니다."

"그렇게 빨리요?"

화지연이 두 손을 가슴에 모으며 놀라자 장하문은 고개를 끄떡였다.

"주군께서 두 분 드리려고 일찌감치 좋은 재질의 쇠를 구해 서 주문을 해놓으셨습니다."

"대체 언제……."

백진정이 홀린 듯한 얼굴로 물었다.

"그때는 호위대가 만들어지기 전이었잖아요?"

"주군께선 여러분의 자질과 근골에 적합한 무공을 미리 생 각해 두셨으며 그에 어울리는 무기들을 주조하라고 따로 주문을 해두셨던 거야."

"아……."

말인즉, 장하문이 구태여 호위대라는 것을 만들지 않았어도 화운룡은 측근들의 자질과 근골을 이미 다 파악하여 각자에게 알맞은 무공과 무기들을 안배했다는 것이다.

모두들 찬탄을 금치 못하는 표정으로 화운룡을 바라보았다.

도대체 어떻게 하면 화운룡처럼 할 수 있는 것인지 그저 존경스럽고 신기할 따름이었다.

"너희 둘이 배울 창술은 만우뢰(萬雨雷)라는 것이다."

명칭만으로도 뇌성벽력이 소나기처럼 쏟아지는 느낌이다.

백진정과 화지연은 눈을 반짝거렸다.

"얼마나 위력적인가요?"

화운룡이 만든 창술이니까 두말하면 잔소리겠지만 그래도 궁금해서 죽겠다는 표정의 그녀들이다.

화운룡은 미리 설레발을 피우는 성격이 아니지만 눈을 반짝이면서 기대 어린 표정을 짓고 있는 백진정과 화지연을 보고는 조금 맛보기를 보여주기로 했다.

"무림제일창이 누구지?"

"군림신창(君臨神槍)이에요."

군림신창은 백무신 중에 한 명이며 창술로는 단연 무림제일

창으로 회자되는 인물이다.

또한 군림신창의 제자가 나중에 십절무황 화운룡의 수하로서 무황십이신이 된다.

화운룡은 고개를 끄떡였다.

"만우뢰를 십 성까지 터득하면 군림신창의 경지에 이를 수 있을 거야."

"아아……."

백진정과 화지연뿐만 아니라 다들 넋 나간 표정으로 탄성을 흘릴 뿐 아무 말도 하지 못했다.

사실 화운룡이 만든 만우뢰는 군림신창의 벽력창격술(霹靂槍擊術)을 기본으로 하여 거기에다가 최고의 검법과 도법, 그리고 경공술, 보법의 장점들을 두루 가미했다.

그러므로 벽력창격술보다 훨씬 월등할 테지만 거기에 대해서는 더 이상 언급하지 않았다.

이후 화운룡은 양손을 자유자재로 사용하는 벽상에게는 단천검법을 익히도록 하여 장차 양손으로 비룡운검과 단천검법을 각각 따로 전개할 수 있도록 하라고 일렀다.

"주군, 그게 가능할까요?"

벽상이 고개를 갸웃거렸다. 자신이 양손잡이긴 하지만 젓가락과 숟가락을 양손으로 사용하는 것과 양손에 각각 검을 잡고 전혀 다른 검법을 구사하는 것은 전혀 다른 문제다.

화운룡은 엷은 미소를 지었다.

"너에겐 따로 신령분리법(神靈分離法)을 가르쳐 주마."

"그게 뭐죠?"

화운룡이 십절무황이었다는 사실과 자신이 그의 제자나 마찬가지였다는 사실을 알고 있는 벽상이 그를 대하는 마음가짐은 다른 사람들하고는 많이 달랐다.

"정신을 분리하는 것이다. 말하자면 두뇌를 둘로 나눠서 동시에 비룡운검과 단천검법을 전개할 수 있는 거지."

"그럴 수가 있나요?"

"신령분리법을 익히면 그것 말고 다른 것들도 응용할 수 있을 것이다."

두뇌를 둘로 분리할 수만 있다면야 검법만이 아니라 많은 것을 동시에 자유자재로 전개할 수 있을 것이다.

설명을 듣고 난 벽상은 한시라도 빨리 신령분리법과 단천검법을 배우고 싶어서 안달이 났다.

"감중기는 도를 사용해라."

이즈음 화운룡에게 몸과 마음으로 완벽하게 굴복하고 복종하는 감중기는 전혀 놀라지 않고 고분고분했다.

"그러겠습니다."

"너는 힘이 좋고 근골이 강하므로 가벼운 검보다는 도가 제격이다. 싸움에서는 다변(多變)보다는 빠름(快)이 우선이고 그보다 더 좋은 것은 빠름에 강함을 더하는 것이다. 이른바 극강극쾌도(極强極快刀)다."

사실 이날까지 감중기는 검에 대해서 불만이 많았다. 이유는 단 하나, 가볍다는 것이다.

그래서 검법을 아무리 피땀 흘려서 연마해도 제대로 위력이 발휘되는 것 같지 않았다.

힘이 넘치는데 얇고 가느다란 검이 받쳐주지 못했다. 그런데 화운룡이 정곡을 제대로 짚었다.

감중기의 얼굴에 저절로 환한 미소가 피어올랐다.

"너에겐 초일도(超逸刀)를 선수하겠다."

화운룡의 말에 감중기는 군말 없이 깊숙이 허리를 굽혔다.

"감사합니다."

감중기는 화운룡이 초일도에 대해서 설명하지 않아도 그것이 하늘 아래 최강의 도법일 것이라고 믿었다.

비룡운검을 직접 연마해 보고 매일 감탄에 감탄을 거듭하고 있는 감중기다.

자신의 넘치는 힘을 진검문의 진환검격술은 채 삼 할도 발휘하지 못했었는데 비룡운검은 외려 그의 힘이 모자랐다.

그런 비룡운검을 창안한 화운룡이 만든 도법이라면 그 위력이 어떨지 미루어 짐작이 갔다.

남아 있는 여섯 사람, 숙빈과 조연무, 전중, 도도, 그리고 창천과 보진은 과연 자신들에겐 어떤 무공이 주어질 것인지 자못 긴장된 표정이다.

"숙빈과 도도는 비룡운검에 채찍을 더해라."

창술에 쌍검술, 그리고 도법에 이어서 이번에는 채찍 편법이 등장했다.

"너희 둘의 근골은 검법과 편법이 유리하다."

도도는 긴장하는 표정으로 아무 말을 못 하는데 숙빈이 눈을 빛내며 물었다.

"어떤 편법이지? 그것도 오라버니가 만들었어?"

"그래. 파우린(波雨鱗)이라는 편법이다."

장하문이 공손히 동그랗게 돌돌 말린 검은 채찍을 내밀자 화운룡이 받아 들었다.

화운룡은 둥글게 말린 채찍을 오른손으로 잡고 숙빈을 쳐다보며 미소 지었다.

"피해봐라."

단지 그 말뿐인데 숙빈은 화운룡이 초식을 전개하기도 전에 몸이 얼어붙고 말았다.

화운룡이 불과 십 년 남짓한 공력뿐이라는 사실은 장하문만 알고 있다.

그러므로 다른 사람들은 화운룡이 그저 무궁무진한 신비

의 능력을 지니고 있다고만 막연하게 여길 뿐이다.

사람들은 한가운데에 숙빈 혼자 놔두고 주위로 물러서서 눈도 깜빡이지 않으며 이제부터 벌어질 광경을 극도로 긴장하여 지켜보았다.

화운룡은 돌돌 말려 있는 채찍을 풀지도 않고 오른팔을 슬쩍 앞으로 내밀었다.

피이잉!

사람들은 화운룡의 오른손에서 돌돌 말렸던 채찍이 일직선으로 펴지면서 숙빈에게 쏘아 가는 것을 보았다.

하지만 모두가 보기에는 그저 돌돌 말려 있던 채찍이 펴지면서 일직선으로 쏘아 가는 것일 뿐, 무엇 하나 특별한 것 같지는 않았다.

그런데도 숙빈이 피할 생각을 하지 않고 두려움에 가득 찬 표정으로 채찍을 바라보고만 있는 것이 이상했다. 사람들은 숙빈이 왜 그러는지 이해하지 못했다.

그렇지만 정작 당사자인 숙빈은 두 눈을 휘둥그렇게 뜨면서 두 다리에 뿌리가 내린 듯 그 자리에서 꼼짝도 하지 못하고 쏘아 오는 채찍을 바라볼 뿐이다.

다른 사람들에게는 단지 일직선으로 쏘아 가는 것처럼 보였던 채찍이 숙빈에겐 마른하늘에서 갑자기 쏟아져 내리는 소나기처럼 보였다.

검은 채찍이라서 검은 비 흑우(黑雨)다. 새카만 흑우가 피할 수 있는 모든 방위를 모조리 차단했다.

화운룡이 비록 십사 년 공력으로 펼치는 파우린이라는 편법의 일초식이지만 설사 일류고수라고 해도 당황시킬 만큼 위력적인 공격이다.

제아무리 경공이 뛰어나도 소나기를 피할 수는 없다. 수백 개의 채찍이 자신을 향해 소나기처럼 쏟아져 오자 숙빈은 피할 엄두를 내지 못하고 온몸이 돌처럼 굳어서 그 자리에 뻣뻣하게 서 있었다.

그러더니 채찍의 소나기 흑우가 한순간 거짓말처럼 씻은 듯이 사라졌다.

숙빈은 화운룡이 오른손에 여전히 돌돌 말린 채찍을 쥐고 있는 것을 보았다.

그런데 그것만이 아니다. 그의 왼손에 쥐어져 있는 한 자루 검은 숙빈의 성명무기인 은월한검이다.

화운룡은 흑우가 쏟아지는 사이에 채찍으로 그녀의 어깨에 있는 은월한검 검파를 감아서 뽑은 것이다. 그녀조차 추호도 느끼지 못하는 사이에 벌어진 일이다.

"하악!"

너무 놀라서 한동안 숨을 멈추고 있던 숙빈은 그제야 숨을 몰아쉬었다.

"배우겠느냐?"

화운룡의 물음에 숙빈이 대답하기도 전에 도도가 먼저 그 자리에 납작하게 엎드려 부복하면서 대답했다.

"배우겠습니다, 주인님."

"나도 배울 거야! 가르쳐 줘, 오라버니!"

숙빈이 뒤질세라 날카롭게 외쳤다.

문득 감중기는 바닥에 부복해 있는 도도를 보면서 표정이 복잡하게 변했다.

도도가 화운룡의 몸종이 된 것은 감중기가 화운룡과의 일 대일 대결에서 패했기 때문이다.

그로 인해서 감형언과 감중기를 비롯한 진김문 사람들은 결과적으로 예전하고는 비교할 수 없을 정도로 좋아졌다. 그 것은 감중기로서 추호도 예견하지 못했던 일이다.

그런데 그는 늘 도도 생각만 하면 마음이 아팠다. 자신이 잘못해서 도도가 몸종이 되어 고생하고 있기 때문이었다. 더 구나 도도는 운룡재 안에서만 일하기 때문에 그는 그동안 도 도를 한 번도 본 적이 없었다.

그런데 지금 도도가 화운룡을 향해 부복하면서 주인님이라 고 부르는 모습을 보니까 여러 가지 감정이 얽히고설켜서 복 잡하기 짝이 없었다.

여동생에 대한 죄책감이 크지만 화운룡이 도도를 호위대

팔룡위에 뽑아줘서 더없이 고맙고 또 다행스럽기도 했다.

그것은 감중기의 가슴에 박혀 있던 대못 하나가 뽑힌 것이나 다름이 없다.

숙빈이 화운룡에게 물었다.

"오라버니, 그럼 우리 무기 채찍도 만들고 있는 거야?"

"마땅한 재료가 없어서 아직 만들지 못하고 있다. 그러나 내가 원하는 똑같은 모양과 두께, 길이의 채찍을 만들어두었으니까 당분간 그걸 사용해라."

"알았어."

무공에 욕심이 많은 숙빈은 새로우면서도 무시무시한 편법을 배우게 됐다는 생각에 날아갈 것처럼 기분이 좋아졌다.

화운룡은 이번에는 전중과 조연무를 각각 가리켰다.

"두 사람은 비룡운검에 비도술을 겸비해라."

이번에도 역시 사람들의 예상을 깨는 전혀 새로운 무공이 화운룡 입에서 흘러나왔다.

전중과 조연무는 누가 시키지도 않았는데 화운룡 앞으로 나와서 나란히 섰다.

"비폭도류(飛瀑刀流)라는 것이다."

"알겠습니다."

전중이 대답하면서 허리를 굽히는 것에 반해 조연무는 고개만 가볍게 숙였다.

하지만 화운룡은 조연무의 다소 뻣뻣하고 건방진 행동에 개의치 않는다.

권력과 명예의 꼭대기에서 수십 년 동안 머물러 있었던 그 였기에 이제 와서 누가 자신에게 공손하지 않다거나 예의를 갖추지 않는 행위는 그다지 문제 될 일이 아니다. 그런 것에는 이미 초월한 것이다.

원래 무공은 크게 두 종류로 나누는데, 외강무공(外强武功)과 내력무공(內力武功)이다.

외강무공은 권법이나 각술, 공력을 사용하지 않는 검법, 도법, 창술 따위를 일컫고, 내력무공은 외강무공에 내력, 즉 공력을 주입하여 전개하는 것과 순전히 공력만을 발출하는 무공을 가리킨다.

외강무공은 주먹이나 발, 도검을 직접 몸에 닿게 하여 상대를 쓰러뜨리지만, 내력무공은 주먹이나 도검에서 공력을 발출하여 장풍, 권풍, 도풍, 검풍을 발출하고 절정에 이르면 도기나 검기 등 강기를 만들어낸다.

내력무공을 연마한 사람이 주먹이나 도검에서 장풍이나 도검기를 발출하지 못하면 외강무공이나 크게 다를 바가 없다.

단지 주먹과 도검에 공력이 실려서 상대를 좀 더 크게 손상시킨다는 차이가 있는 정도다.

비도술은 외강무공에 속하기 때문에 조연무의 반응이 떨떠

름한 것이다.

화운룡의 조용한 목소리가 실내를 울렸다.

"비폭도류는 최대 삼십육 개의 비도를 한꺼번에 발출하여 적 삼십육 명을 죽일 수 있다."

순간 전중은 움찔하고 조연무는 심드렁했던 얼굴이 환하게 밝아졌다.

"제아무리 고수라고 해도 한꺼번에 쏘아 오는 삼십육 개의 비도를 피하거나 막을 수는 없을 것이다."

화운룡은 마지막으로 창천과 보진에게 말했다.

"너희는 배우고 싶은 것을 아무것이나 골라라."

창천은 비도술을, 보진은 편법을 선택했다.

화운룡은 모두에게 말했다.

"그리고 너희들 모두 똑같이 궁술을 배워라."

모두의 눈이 반짝거렸고 얼굴에는 호기심이 가득했다.

궁술은 군사들이나 사용하는 가장 기초적인 병기술이며 무림에서는 극소수만이 채택하고 있다.

화살 따위는 웬만한 무사라고 해도 정신만 똑바로 차리고 있으면 어렵지 않게 피하거나 막을 수 있다. 그래서 무림에서는 궁술을 사용하는 사람이 거의 없다.

"너희 열 명은 무조건 궁술을 배워라. 궁술의 명칭은 회천탄(回天彈)이다."

예외가 없다. 팔룡위와 창천, 보진은 누구를 막론하고 모두 회천탄을 배워야만 한다.

그리고 화운룡은 궁술 회천탄에 대해서는 아무런 설명도 하지 않았다.

벽상이 쭈뼛거렸다.

"주군, 저는 이미 궁술을 하는데요?"

벽상의 별호가 철궁녀. 보통의 활이 아닌 쇠로 만든 철궁을 사용하는 강력한 궁술이다.

화운룡이 조용히 말했다.

"적이 바위 뒤에 숨어 있을 때는 어떻게 궁술을 펼치느냐?"

"바위 옆으로 가서 쏴야지요."

"회천탄을 전개하면 화살이 바위 뒤에 숨어 있는 적을 찾아가서 명중시킬 것이다."

벽상뿐만 아니라 모두들 눈을 휘둥그렇게 떴다.

"화살이 날아가면서 휜다는 건가요?"

"물론이다. 또한 보통 화살보다 세 배는 빠를 것이다. 십 성에 이르면 다섯 배 빠를 테고."

"아아……."

벽상은 입을 크게 벌리고 경악했다.

화운룡이 연공실을 나간 후에 장하문이 모두를 나란히 세

위놓고 꼿꼿한 자세와 어조로 말했다.

"여러분은 주군을 누구라고 생각합니까?"

장하문은 팔룡위가 화운룡을 제멋대로 대하는 것을 보고 바로잡아야겠다고 마음먹었다.

화운룡은 화지연에게는 오라버니이고 숙빈에겐 옛 정혼자이며 지금은 오라버니라고 불리는 존재다.

그리고 몸종이었던 도도는 주인님이라고 부르며 감중기는 소문주라고, 창천과 보진은 부마도위라는 뜻의 왕서(王婿)라고 부른다.

한마디로 화운룡은 한 사람인데 다 제각각 호칭하고 대한다는 뜻이다.

"주군이십니다."

그때 벽상과 전중이 정중하게 대답했다. 그들은 원래부터 화운룡을 주군으로 모셨다.

"그렇습니다. 그분은 여러분의 주군입니다."

장하문은 그동안 별렀던 일을 오늘 작심하고 꺼냈다.

"팔룡위와 정현사위는 주군의 직속 수하입니다. 최측근이라는 말입니다. 그렇다면 과연 여러분은 주군을 뭐라고 불러야 하겠습니까?"

감중기가 딱 부러지게 대답했다.

"주군이라고 해야 합니다."

화운룡을 오라버니라 부르고 하대를 하는 숙빈은 제일 찔리는 표정을 지었다.

그리고 화운룡에게 아직 완벽하게 감복하지 않은 조연무는 복잡한 표정으로 고개를 꼬았다.

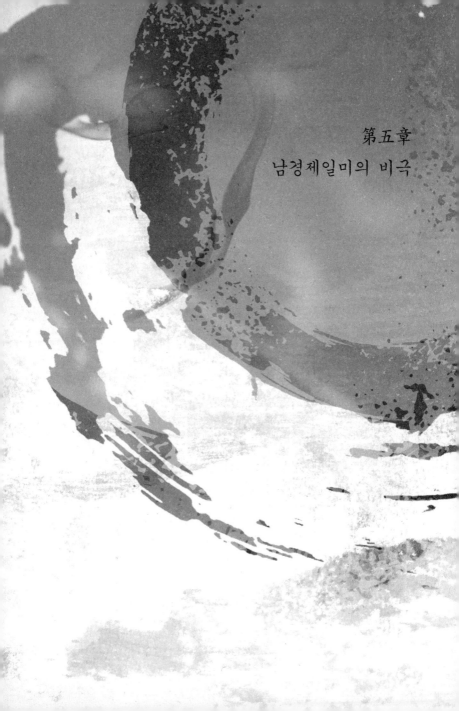

第五章
남경제일미의 비극

장하문은 고삐를 늦추지 않았다.

"주군께 목숨을 바쳐서 충성하지 않고 또한 그분을 진정한 주군으로 모시지 않을 사람이 이곳에 있다면 지금 당장 나가 주기 바랍니다."

숙빈은 짚이는 것이 있어서 얼른 옆에 서 있는 조연무를 쳐다보았다.

조연무는 여동생이 왜 자신을 쳐다보는지 짐작하고 보일 듯 말 듯 엷은 미소를 지으며 고개를 가볍게 끄떡였다. 걱정하지 말라는 뜻이다.

"모두 주군께 충성하겠습니까?"

장하문의 물음에 뜻밖에 조연무가 제일 먼저 웅혼한 목소리로 대답했다.

"충성하겠습니다."

사실 장하문은 조연무가 가장 께름칙했는데 그가 제일 먼저 충성하겠다고 대답을 하자 조금 의외라는 표정을 지었다.

창천이 말을 이었다.

"우린 원래 왕서께 목숨을 바쳐서 충성하고 있었소. 이제부터는 왕서를 주군으로 호칭만 바꾸면 되오."

벽상이 앞으로 한 걸음 나서 숙빈을 쳐다보았다.

"내 생각에는 너만 잘하면 될 것 같은데?"

"뭐예요?"

숙빈은 발끈했다. 언뜻 보기에도 벽상이 자신보다 나이가 훨씬 많은 것 같지만 몇 번 안면만 튼 상황에 다짜고짜 너라고 하고 따끔하게 충고까지 더하니까 기분이 나빴다.

장하문이 얼른 주위를 환기시켰다.

"벽상은 팔룡위의 대주입니다."

모두들 적잖이 놀라는 표정을 지으며 벽상을 쳐다보았다.

그러나 무엇보다도 놀란 사람은 벽상 자신이다. 그녀는 자신이 팔룡위의 대주가 될 줄은 꿈도 꾸지 않았으며 화운룡이나 장하문에게 미리 그런 언질을 받은 적도 없었다.

그러나 기왕지사 이렇게 된 것, 벽상은 내친김에 숙빈을 몰아세웠다.

"어떻게 할 거니? 팔룡위에 남을 테냐? 아니면 주군께 제대로 할 것이냐?"

숙빈은 입술을 잘근 깨물었다.

화운룡에게 제대로 예의를 갖추는 것은 얼마든지 할 수 있지만 벽상에게 받은 수모는 견딜 수가 없어서 속에서 불길이 활활 타올랐다.

그때 조연무가 말없이 그녀를 바라보았다. 그의 눈빛은 '빈아, 우린 운명의 기로에 서 있는데 지금 네가 참지 않으면 일이 잘못될 수도 있어'라고 말하는 것 같았다.

숙빈의 표정이 짧은 시간 여러 차례 변하더니 이윽고 그녀는 앞으로 한 걸음 나와서 벽상을 보며 화사한 미소를 지으며 말했다.

"대주 언니, 용 오라버니가 소매의 정혼자라서 어렸을 때부터 오랜 세월 허물없이 지내던 것이 버릇이 돼서 그랬어요. 하지만 이제부터는 잘할 테니까 부디 용서하세요."

숙빈은 벽상이 흠칫 놀라는 표정을 놓치지 않고 입가에 아주 흐릿한 미소를 머금었다.

벽상은 숙빈이 화운룡의 정혼녀라는 사실을 꿈에서도 모르고 있었다. 그녀는 옥봉이 화운룡의 장래 부인이라고만 철

석같이 믿고 있었다.

벽상의 시선이 장하문에게 향했다. 왜 그런 말을 미리 해주지 않았느냐고 그녀의 눈빛이 원망을 담고 있다.

숙빈의 말이 사실이라면 아니, 사실일 것이다. 그녀가 이런 자리에서 거짓말을 할 리가 없다. 그렇다면 벽상은 주군의 정혼녀에게 죄를 저지른 것이다.

화운룡과 숙빈의 정혼은 아직 누가 나서서 파혼한 적이 없는 터라서 여전히 유효한 상황이다.

또한 옥봉이 화운룡의 장래 부인이 될 것이라고 아는 사람은 양쪽 가족들과 몇 사람 외에는 아무도 모르고 있다.

이런 상황에서 장하문도 난처하긴 마찬가지인데 벽상에게 무슨 말을 해줄 수 있겠는가.

하지만 장하문은 별로 염려하지 않았다. 벽상을 누구보다 잘 알고 있기 때문이다.

숙빈은 벽상이 당황하는 것을 보고 내심 고소해서 '자, 이제 어떻게 할 거지?' 하는 표정으로 그녀를 쳐다보았다.

벽상은 숙빈을 보면서 턱을 슬쩍 치켜들고 냉랭하게 말했다.

"네가 그렇게까지 말하니까 이번만큼은 특별히 용서하겠다. 그러나 지금부터는 주군께 제대로 호칭하고 경거망동하지 말도록 해라."

"……."

숙빈은 말문이 콱 막혔다.

그녀는 벽상을 몰라도 너무 몰랐다.

장하문이 연공실을 나가자 벽상이 모두를 일렬로 나란히
세워놓고 일장연설을 시작했다.

"장하문이 누군가?"

다짜고짜 불쑥 묻는 그녀의 질문에 평소 운룡재에서 같이
지내면서 많이 친해진 전중이 대답했다.

"군사이십니다."

벽상은 고개를 끄떡였다.

"주군의 제일 측근이시며 비룡은월문의 실질적인 이인자라
고 할 수 있는 분이시다."

그것은 모두 알고 있는 사실이다.

"그러므로 장하문 군사에 대한 예의를 제대로 갖추어야 한
다. 알아들었나?"

"알았습니다."

전중만 대답을 하자 벽상이 발을 쿵 굴렀다.

"알아들었냐고 물었다."

그제야 모두들 입을 모아 외쳤다.

"알았습니다!"

얼떨결에 팔룡위가 아닌 창천과 보진까지도 목에 핏대를 세

우면서 대답을 했다.

장하문은 화운룡의 거처로 향했다.

사실 화운룡은 아직 팔룡위 대주를 정하지 않았다. 그런데
장하문이 조금 전의 그 상황을 원만하게 다스리기 위해서 벽
상이 대주라고 임시방편 거짓말을 했다.

그렇지만 장하문의 말은 거짓말이 아닐 수도 있다. 화운룡
이 아직 팔룡위 대주를 정하지는 않았지만 벽상이 대주로 낙
점되는 것은 구 할 구 푼 이상의 확률이기 때문이다.

백번 생각해 봐도 팔룡위에서 대주를 할 만한 사람은 벽상
밖에 없다. 화운룡에게 물어보나 마나 벽상을 대주로 앉히라
고 말할 것이다.

게다가 처음에 호위대 팔룡위를 만든 사람이 장하문이므로
대주 정도는 그의 재량으로 결정해도 별문제가 없지만 형식상
화운룡에게 대주로 생각해 둔 사람이 있느냐고 물어봐야 할
터이다.

"주군, 팔룡위의 대주로 생각해 두신 사람이 있으십니까?"

"팔룡위 대주?"

화운룡은 서재에서 도도가 따라주는 향긋한 차를 마시며
장하문을 쳐다보았다.

장하문은 빙그레 미소 지었다.

"개성이 워낙 강한 여덟 명이 모였으니까 그들을 통솔할 대주가 있어야 하지 않겠습니까?"

"음, 그렇지."

화운룡은 고개를 끄떡이다가 길게 생각할 것도 없다는 듯이 말했다.

"숙빈이 좋겠군."

장하문은 움찔했다.

"조숙빈 소저 말입니까?"

"팔룡위 대주로 누가 좋겠냐고 물은 것 아닌가?"

"그렇습니다."

"그래서 숙빈이 좋겠다는 거야."

"그… 러십니까?"

장하문은 복잡한 표정으로 묵묵히 서 있었다.

"앉아서 차 마시게."

"아닙니다. 물러가겠습니다."

장하문은 공손히 허리를 굽힌 후에 방을 나갔다.

그는 복도를 걸어가면서 쓴웃음을 지었다.

'상아 이제 큰일났구나.'

벽상이 팔룡위 대주라고 장하문이 말해서 숙빈의 도발을 겨우 잠잠하게 만들었는데 숙빈이 대주라니 앞으로 어떤 일이 전개될지 예측 불허다.

모르긴 해도 이거 하나만은 분명하다. 숙빈은 벽상을 찍어 놓고 달달 볶을 것이다.

그런데 화운룡이 팔룡위 대주로 숙빈을 생각하고 있었다는 것은 정말 뜻밖이다.

그보다는 장하문이 화운룡의 속내를 제대로 읽지 못했다는 사실이 군사로서 자격이 없는 것이다.

아직도 주군의 내심을 제대로 읽지 못한다는 사실에 장하 문은 온몸에 기운이 빠졌다.

그건 그렇지만 과연 숙빈이 팔룡위 대주의 자격이 있는지는 의문이다.

장하문이 봤을 때 그녀는 통솔력이나 친화력, 추진력 등에서 평범한 수준이다.

결국 장하문은 화운룡이 냉정한 잣대보다는 정에 이끌려서 숙빈을 대주로 임명하려는 것이라고 짐작했다.

"군사님."

장하문이 고개를 숙이고 생각에 잠겨서 걷고 있는데 뒤에서 누가 그를 불렀다.

돌아보니까 도도가 따라오고 있다.

"주인님께서 부르십니다."

화운룡이 장하문으로서는 전혀 뜻밖의 말을 했다.

"솔직하게 자네 의견을 말하게. 숙빈이 팔룡위 대주감인가?"

"……."

장하문은 말문이 막혔다.

"자네 대답을 기다리고 있네."

"죄… 송합니다."

장하문은 식은땀이 났다. 아까 화운룡이 숙빈을 대주로 임명한다고 했을 때 그녀가 대주감이 아니라고 충언을 했어야 하는 거였다.

그런데 이제 와서 솔직하게 말한답시고 '숙빈이 대주감이 아닙니다'라고 말한다면 주군을 기만한 것이 되고 만다. 어째서 아까는 말하지 못하더니 이제 와서 그걸 말하지 못한 것을 후회하는 것인지 장하문 자신도 이해가 되지 않았다.

"하하하! 이 친구 웬 땀을 이렇게 흘리는 건가?"

갑자기 화운룡이 유쾌하게 웃었다.

그는 장하문의 어깨에 손을 얹고 빙그레 미소 지었다.

"대주를 새로 정하겠네."

"네?"

장하문은 어리둥절했다.

"무슨 말씀이신지……."

"대주감은 벽상일세. 그렇게 정하게."

"아……."

장하문은 진땀이 더 났다.

그는 손으로 땀을 닦다가 찻잔에 차를 따르는 도도를 보고 번뜩 어떤 생각이 났다.

'그랬었군.'

도도는 팔룡위에 뽑혔으면서도 화운룡을 따라다니면서 그의 시중을 들고 있었다.

아직 비룡운검과 편법 아무것도 배우지 않아서 무공 연마를 할 것이 없었기 때문이다.

장하문이 직접 보지는 않았지만 아까 연공실에서 벽상과 숙빈 사이에 있었던 일을 도도가 화운룡에게 얘기했을 것이다.

화운룡이 물어보지는 않았을 것이다. 그는 그런 걸 묻는 사람이 아니다. 그렇다면 도도가 얘기했을 것이다.

"그럼 가보겠습니다."

장하문은 땀을 너무 흘려서 옷이 흥건하게 젖은 채 서재에서 나왔다.

그가 복도를 걷고 있는데 서재 안에서 화운룡의 웃음소리가 터져 나왔다.

"하하하하!"

장하문은 깜짝 놀라서 걸음을 멈추고 돌아섰다.

"하하하, 하룡! 자네 당황하는 모습이 정말 가관이었네!"

화운룡이 웃으면서 말하는 소리가 복도를 울리자 장하문은 빙그레 미소를 지었다.

그는 화운룡의 뜻을 알아차렸다.

지난번 삶은 눈코 뜰 새 없이 치열했으니까 이번 생에서만큼은 재미있게 살자는 뜻이다. 그래서 화운룡이 장하문에게 장난을 친 것이다.

장하문은 서재를 향해 공손히 포권을 하며 허리를 굽혔다.

'주군의 뜻을 받들겠습니다.'

장하문은 화운룡이 창안한 여섯 개 무공을 비룡육절(飛龍六絶)이라고 명명했다.

검법 비룡운검, 도법 초일도, 창술 만우뢰, 편법 파우린, 비도술 비폭도류, 궁술 회천탄.

기존과 마찬가지로 비룡운검은 비룡은월문 문하 제자 전원이 배울 수 있도록 했다.

또한 궁술 회천탄 역시 비룡은월문 전 제자가 다 배우라고 지시했다.

얼마 전 해남비룡문이었을 때 장하문은 문하 제자들을 모두 사 등급으로 분류했는데 지금은 인원이 훨씬 불었으므로 등급 하나를 늘려서 오 등급을 만들었으며 명칭은 은월검대(銀月劍隊)로 정했다.

비룡은월문의 성명검법인 비룡운검과 십절신공은 일 등급부터 오 등급까지 문하 제자 모두가 배울 수 있도록 했다.

오 등급 은월검대는 비룡운검만 배울 수 있으며 매월 평가를 거쳐서 실력이 우수한 사람은 승급할 자격이 주어진다.

그리고 사 등급 운검대는 비룡운검을 기본으로 배우고 비룡오절 중에 도법 초일도를 병행해서 배울 수 있도록 했다. 물론 둘 중에 하나만 배워도 되고 둘 다 배워도 된다.

삼 등급 진검대는 비룡운검과 초일도, 창술 만우뢰 세 종류 무공을 배울 수 있으며 어느 무공을 배울지는 각자의 선택에 맡겼다.

이 등급 해룡검대는 진검대가 배울 수 있는 세 가지 무공에 편법 파우린을 추가시켰다.

그리고 비룡은월문 최고등급인 일 등급 비룡검대는 비룡육절을 모두 배울 수 있다.

즉, 도법 초일도와 창술 만우뢰, 편법 파우린, 비도술 비폭도류, 궁술 회천탄을 자신의 능력에 맞게 다 배울 수도 있으며 그것들 중에서 하나만 배울 수도 있다.

얼마 전까지도 해남비룡문 휘하 전원은 무공 연마에 열성적이었지만 비룡은월문으로 재탄생한 지금은 열성이라는 말로는 턱없이 부족했다.

현재의 비룡은월문은 무공 연마의 열풍과 광풍에 휩싸였다.

모두들 자신들에게 허락된 비룡육절의 일초식 일변을 더 배우려고 밤에는 잠도 자지 않고 연무장이나 연공실이 꽉 들어찼으며, 식사 시간에도 식당이 텅 비어 있기 일쑤였다.

화운룡의 공력이 십칠 년이 된 것을 확인한 날 오전에 불청객이 비룡은월문에 찾아왔다.

태사해문의 당검비와 당한지, 그리고 강우조와 정무령을 비롯한 오십 명의 고수들이다.

넉 달 전에 태사해문이 결성된 직후 옛 사해검문의 소문주인 당검비가 위검당주 정무령과 함께 해남비룡문에 찾아온 적이 있었다.

그 당시 당검비는 해남비룡문을 태사해문 태주지부로 삼겠다면서 자신의 일초식을 받아내면 두말하지 않고 물러가겠다고 큰소리 떵떵 쳤다가 장하문이 일초식을 받아내자 꼬리를 말고 물러갔다.

그랬던 그가 이번엔 여동생 당한지와 그녀의 정혼자 강우조에 일류검수 오십 명을 이끌고 온 것을 보면 이번에는 각오를 단단하게 한 것 같았다.

당검비와 당한지는 서슬이 퍼렇고 당당하게 비룡은월문 본
전인 운영각에 들이닥쳤다.

그들이 이끌고 온 태사해문 오십 명의 고수는 운영각 앞의
텅 빈 마당에 열을 지어 질서 있게 도열했는데 위세가 자못
위압적이다.

태사해문 내 옛 사해검문 위검당 일류검수들로만 구성된
그들의 위세는 비룡은월문을 압도하고도 남았다.

거의 언제나 그렇듯이 운영각에선 이름뿐인 문주 화명승은
없고 소문주 화운룡이 당검비와 당한지를 맞이했다.

장하문이 당검비를 보면서 아픈 곳을 슬쩍 건드렸다.

"귀하는 본 문에서 손을 떼겠다고 하지 않았소?"

당검비는 지난 일이 생각나서 얼굴이 화끈거려 아무 말도
하지 못했고 옆에 있는 당한지가 차갑게 말했다.

"오라버니는 나를 호위하는 자격으로 왔으니까 그에게 뭐라
고 하지 말아요."

당한지는 오라비 당검비가 지난번에 해남비룡문에 왔다가
어떤 수모를 당하고 돌아왔는지 그에게 이미 다 들었다.

장하문은 그녀가 누구라는 것을 알면서도 물었다.

"낭자는 누구요?"

"나는 태사해문 소문주인 당한지예요."

화운룡과 장하문은 당한지가 오빠인 당검비를 안하무인으로 여기는 여장부이며 옛 태극신궁 소궁주 강우조와 혼인을 약속한 사이라는 사실을 알고 있다.

그때 잠자코 있던 강우조가 장하문을 보며 말했다.

"장 책사, 우리가 누구며 무엇 때문에 왔는지 다 알고 있으면서 시간을 허비하지 말게."

장하문은 태극신궁의 책사였기 때문에 강우조하고는 잘 아는 사이다.

강우조는 태극신궁의 소궁주였지만 궁의 일에는 거의 관여하지도 관심도 없었으며 허구한 날 친구들과 어울려 다니면서 술 마시며 계집질 주색삽기로 세월을 보냈다.

그렇기 때문에 꼬장꼬장할 정도로 정직하고 올바른 성품의 장하문하고는 전혀 친하지 않았었다.

장하문은 고개를 끄떡였다.

"그렇게 하지요."

강우조는 이 자리를 빌어서 당한지에게 자신의 위세를 자랑하고 싶었다.

태극신궁과 사해검문이 춘추십패가 되기 위해서 정략적으로 힙병하는 과정에 강우조와 당한지가 혼인하기로 결정한 이후, 강우조는 정신을 차리지 못할 정도로 당한지에게 푹 빠져지냈다.

겉보기에는 허우대가 멀쩡하고 제법 준수한 강우조는 무공이나 학식 등 내세울 만한 것이 전혀 없는데도 불구하고 자타가 인정하는 남경제일미에다 무공과 미모, 학식 등이 두루 뛰어난 재녀 당한지라는 엄청난 미녀와 혼인하게 되는 천재일우의 행운을 얻었다.

강우조는 자신에게 찾아온 행운을 놓치지 않기 위해서 지난 몇 달 동안 당한지에게만 매달려서 그녀의 환심을 사는 데 온 정성을 쏟았다.

이번에 당한지가 비룡은월문에 간다고 했을 때 강우조는 자신의 위세를 한껏 자랑할 수 있는 기회라 여기고 같이 가겠다면서 부득부득 따라온 것이다.

"장 책사 자넨 머리가 좋으니까 내가 찾아온 이유를 짐작할 거야. 그렇지 않나?"

장하문은 고개를 끄떡였다.

"그렇소."

강우조는 거들먹거리면서 큰 소리로 말했다.

"그렇다면 장 책사가 어떻게 처신해야 할지도 알겠군. 자네의 행동 여하에 따라서 내가 선처해 줄 수도 있네."

"어떻게 말이오?"

강우조는 턱으로 화운룡을 가리켰다.

"자네가 저 친구를 잘 타일러서 해남비룡문을 공손히 우리에게 바치면 자네의 공을 인정하여 본 문에서 요직에 들어올 수 있도록 아버지께 잘 말씀드리겠네."

장하문은 가볍게 고개를 끄떡이고 나서 말했다.

"예전에 모셨던 상전의 아드님에 대한 예우는 여기까지요. 지금부터는 내 본분을 지키겠소."

그는 어깨를 펴고 의연한 자세를 취했다.

"강우조 너는 잘못 알고 있는 것이 네 개나 된다."

"너… 라고 했느냐?"

급변한 장하문의 태도에 강우조가 움찔하고는 어이없는 표정을 지었으나 장하문은 개의치 않고 손가락 네 개를 세우고 하나씩 꼽았다.

"첫째, 나는 더 이상 태극신궁의 책사가 아니므로 너는 더 이상 실수하지 마라. 둘째, 이곳은 해남비룡문이 아니라 비룡은월문이다. 본 문 전문에 걸린 현판도 보지 않고 들어왔느냐? 셋째, 나는 비룡은월문의 군사다. 넷째, 태사해문은 절대로 본 문을 손에 넣지도 쓰러뜨리지도 못할 것이다."

"이놈!"

강우조는 분노로 부들부들 떨다가 장하문의 말이 끝나자 버럭 고함을 질렀다.

"네놈이 감히 그러고도 살기를 바라느냐?"

장하문은 엷은 미소를 지었다.

"강우조, 정혼녀 앞에서 잘 보이고 싶겠지만 너는 오늘 오지 말아야 할 곳에 왔으며 더구나 방법을 잘못 택했다."

차앙!

"이놈! 내 당장 네놈을 죽이리라!"

강우조는 분기탱천하여 검을 뽑으면서 고함을 질렀지만 달려 나가지는 않았다.

"그만두세요."

그때 당한지가 조용하지만 또렷한 목소리로 말했다.

"지 매! 왜 말리는 것이오? 내 당장 저놈의 목을 베지 못한다면 사내가 아니오!"

그러나 강우조는 당장에라도 장하문을 공격할 것처럼 펄펄 날뛰었다.

물론 그는 당한지가 자신을 만류할 것이라는 사실을 잘 알고 있기 때문에 그걸 믿고 날뛰는 것이다.

"그만하세요."

강우조의 예상처럼 당한지가 다시 만류했다.

하지만 강우조는 뒤쪽에 서 있는 당한지의 얼굴에 짜증스러운 표정이 떠오른 것을 보지 못했고 화운룡과 장하문은 똑똑하게 봤다.

그것은 당한지가 강우조를 어떻게 생각하는지를 증명한 것이고 그 사실을 구태여 화운룡 등에게 감추려고 하지 않는다는 것이다.

남경제일미에 여걸이며 재색 겸비의 당한지가 강우조 따위에 절대로 만족하지 않을 것이라는 사실을 장하문은 잘 알고 있으며 그 얘기는 이미 화운룡에게 해주었다.

당한지는 장하문이 얼마나 고강한지 오라비 당검비에게 이미 들어서 알고 있다.

지난번 당검비가 자신의 일초식을 막아내면 물러가겠다고 호언장담 오지랖을 떨었다가 장하문에게 된통 혼났던 일을 그에게 들었다.

그런 장하문을 죽이겠다고 설쳐대는 강우조를 가만히 놔두면 결과는 불을 보듯이 뻔하다.

당한지 등이 이번에야말로 비룡은월문을 접수하고 말겠다는 각오로 왔는데 강우조가 장하문에게 꼴사납게 당한다면 망신도 그런 망신이 없다.

강우조는 당한지를 돌아보면서 입에 거품을 물었다.

“지 매! 왜 말리는 것이오? 저런 놈은 내 검에 목이 잘려봐야 정신을 차린다는 말이오!”

당한지의 눈이 가볍게 빛났다.

“그럼 마음대로 하세요.”

“……”

“그를 죽이든지 목을 자르든지 마음대로 하라고요.”

당한지는 뒤돌아서 떠들고 있는 강우조 뒤로 장하문이 기척 없이 미끄러져 다가온 것을 보고서도 경고하지 않았다.

그녀는 차라리 장하문이 강우조를 죽이기를 바라고 있다. 그러면 저 허우대만 멀쩡한 쓰레기 같은 놈하고의 혼인이 저절로 무산될 것이니 그녀로선 다행한 일이다. 그렇지만 장하문은 함부로 강우조를 죽이지는 않을 것이다.

강우조는 자신의 한 걸음 뒤에 장하문이 서 있는 것조차 모르고 어정쩡하게 서서 당한지를 쳐다보았다.

"지 매는 내가 저놈을 죽이기를 바라오?"

"그래요. 어서 죽여보세요."

당한지는 한심한 강우조와 말을 섞는 것조차 귀찮다는 표정을 지었다.

강우조의 뺨이 씰룩거렸다. 장하문의 실력을 잘 알고 있는 그는 이 순간 자신이 어떻게 해야 할지 대책이 서지 않아서 눈동자가 쉴 새 없이 굴러다녔다.

콱!

"끄윽……."

그때 장하문이 한 손으로 강우조의 목을 움켜잡더니 위로 높이 쳐들었다.

"끄으으……."

얼굴이 시뻘겋게 변한 강우조는 눈알이 튀어나올 것 같고 크게 벌어진 입에서는 침이 흘러나와 버둥거렸다.

휙!

장하문은 강우조를 당한지 쪽으로 가볍게 던졌다.

쿠당탕!

"흐윽… 큭!"

강우조는 바닥에 떨어졌다가 데구루루 굴러서 당한지 발 앞에 이르러 멈추었다.

"콜록… 콜록… 끄으으……."

그는 당한지 앞에 엎드려서 기침을 해대며 눈물 콧물을 마구 쏟아냈다.

당한지와 당검비, 그리고 정무령까지 강우조를 굽어보면서 씁쓸한 표정을 지었다.

강우조는 고개를 들고 일그러진 얼굴에 온갖 액체를 다 흘리면서 당한지를 바라보았다.

"지 매… 크흑……."

그는 자신의 모습이 추하다는 생각을 하지 못했다. 그저 이렇게 장렬하게 당했으니까 당한지가 안아서 보듬어줘야 할 것이라고 눈빛으로 애원할 뿐이다.

당한지는 강우조의 얼굴에 침을 뱉고 발바닥으로 짓밟고 싶은 격한 감정을 겨우 억눌렀다.

"정 당주, 이 사람을 부축하세요."

"지 매……."

강우조는 당한지가 자신이 직접 품에 안고 위로하지 않고
정무령을 시킨 것에 대해서 칭얼거리듯이 바라보며 그녀의 바
지를 붙잡았다.

당한지의 얼굴이 싸늘하게 변했다. 그렇지 않아도 겨우겨우
참고 있던 그녀다.

"지야."

그때 만약 옆에 서 있는 당검비가 그녀를 부르지 않았더라
면 강우조의 못생긴 얼굴을 발로 차버렸을 것이다.

당한비는 긍정적인 성격이다. 그래서 그녀는 지금 끓어오르
는 분노를 저 앞에 나란히 서 있는 화운룡과 장하문에게 퍼
부어야겠다고 작정했다.

그녀는 장하문이 아닌 화운룡을 주시하면서 한 자, 한 자
또렷하게 말했다.

"긴말하지 않겠어요. 비룡은월문을 바치세요."

화운룡은 조용히 말했다.

"태사해문을 내게 바치라고 하면 그러겠소?"

"그걸 말이라고 하는 건가요?"

"본 문을 태사해문에 바치라는 것은 말이 되고 태사해문을
본 문에 바치라는 것은 어째서 말이 안 되는 것이오?"

"본 문은 강해요. 무림에선 강함이 곧 법이에요."

태사해문은 강하고 비룡은월문은 약하니까 강자의 먹잇감이라는 뜻이다.

당한지의 얼굴에 한 겹 살얼음이 깔렸다.

"굴복하면 살리고 반항하면 섬멸하겠어요."

화운룡은 나직하게 중얼거렸다.

"강함의 법으로 말인가?"

"그래요."

"강하면 무슨 짓을 해도 다 정당한 것인가?"

"물론이에요. 세상에 강함보다 정당하고 또 아름다운 것은 없어요."

화운룡은 당한지에게 하대를 하고 있었다.

"이런 식의 약육강식도 문제가 없겠군?"

당한지는 미소를 지었다.

"그렇죠."

강한 여자의 미소는 아름답다.

"수단과 방법을 가리지 않고 어떻게든지 먹어치우면 그만이라는 것이로군?"

당한지의 미소가 짙어졌다.

"수단과 방법을 가리지 않는다는 것은 약한 자들이나 하는 말이에요. 강한 자들에겐 수단과 방법을 가리지 않는 것도 강함이에요."

화운룡은 고개를 끄떡였다.

"그렇군. 그래서 너는 이제부터 어떻게 할 것이냐?"

"비룡은월문을 바치지 않으면 힘으로 굴복시킬 것이다."

당한지도 하대로 대했다.

"수단과 방법을 가리지 않고?"

"강함으로."

화운룡은 고개를 끄떡이면서 뒷걸음질 쳤다.

"하룡, 저 계집하고는 말이 통하지 않으니 이제부터는 자네가 알아서 하게."

"너 이놈!"

'계집'이라는 말에 당한지가 발끈했지만 장하문의 말에 다음 말이 이어지지 않았다.

. "그대들에게 합당한 대우를 하겠다."

장하문도 천천히 뒷걸음질 치면서 조용히 명령했다.

"시작하라."

화운룡은 조만간 어떤 식으로든 태사해문이 도발해 올 것이라고 예상하여 거기에 대한 준비를 장하문에게 시켜두었다.

장하문은 지금 그걸 실행하려는 것이다.

그의 말이 떨어지기 무섭게 갑자기 넓은 대전을 세차게 떨어 울리는 굉음이 터졌다.

떠엉!

당한지와 당검비, 그리고 강우조를 바깥으로 끌어내 놓고 돌아온 정무령은 움찔 놀라서 급히 주위를 둘러보며 경계했다.

쒸아아앙!

뒤이어서 고막을 찢어발길 듯한 굉렬한 파공음이 터지면서 사방에서 여러 개의 화살이 쏘아 왔다.

당한지는 실소했다.

'고작 화살 따위로······.'

일류고수인 그녀는 화살 같은 것은 수천 발이 날아온다고 해도 눈 하나 까딱하지 않는다. 검으로 쳐내고 피하면 그만이기 때문이다.

방금 전 굉장한 파공음이 터져서 찰나적으로 깜짝 놀랐던 것이 부끄러웠다.

하지만 그녀는 어째서 화살 따위를 발사하는데 그토록 굉장한 파공음이 터졌는지에 대해서 생각해 봐야만 했다.

"지아, 피해라!"

당검비가 다급하게 외치는 소리를 듣고 당한지는 오라비가 괜히 소란을 피운다고 생각했다.

그 순간 그녀는 자신을 향해 바로 지척까지 쏘아 오고 있는 세 개의 새카만 화살을 보고 흠칫했다.

화살이 대전 가장자리에서 발사됐다면 지금쯤 막 허공을

가르고 있을 텐데 벌써 일 장 전방까지 쏘아 온 것이다.

순간적으로 당한지는 이 화살이 심상치 않다고 생각하여 피하려고 했으나 이미 늦었다.

촤앙! 까깡!

그녀는 발검하자마자 자신의 상체로 쏘아 오는 검은 화살 흑전(黑箭)을 맹렬하게 쳐냈다.

"우웃……."

순간 그녀는 손아귀가 찢어지는 것 같고 손목과 팔이 떨어져 나갈 것처럼 아팠다.

그렇지만 흑전은 하나가 아니다. 고작해야 두 자, 넉 자의 거리를 두고 두 번째, 세 번째 흑전이 좌우에서 연이어 그녀의 얼굴과 목을 향해 쏘아 오고 있다. 처내지 않으면 얼굴과 목에 구멍이 뚫릴 것이다.

쩌껑! 꺼엉!

"아앗!"

또다시 흑전 두 발을 쳐낸 그녀는 손아귀와 팔이 너무 아파서 하마터면 검을 놓칠 뻔했다.

아주 짧은 순간이지만 그녀는 몇 가지 사실을 깨달았다.

흑전이 결코 평범한 화살이 아니며 빠른 것은 물론이고, 쇠로 만들어졌으며 거기에 공력이 실려 있다는 사실이다.

평범한 화살은 검으로 쳐내면 잘라지거나 힘없이 튕겨 날아가게 마련인데 이 흑전은 힘껏 쳐내지 않으면 쏘아 오는 방향이 바뀌지 않는 데다 검이 흑전에 부딪치는 순간 대단한 반탄력이 전해졌다.

그런데 그런 상황은 당한지만이 아니라 당검비와 정무령도 똑같이 겪고 있었다.

뚜앙!

그때 또다시 예의 무시무시한 굉음이 터졌다. 흑전이 다시 쏘아 온다는 신호다.

당한지가 재빨리 쳐다보니까 대전 입구를 제외한 삼면에서 십여 명이 흑전을 발사하고 있었다.

그나저나 그게 문제가 아니다. 발사되는 것과 동시에 이미 지척까지 쏘아 오고 있는 흑전을 또다시 쳐내야만 한다.

하지만 이번 흑전을 쳐내면 세 번째 흑전이 쏘아 올 테고 그걸 쳐내면 네 번째 다섯 번째 흑전들이 계속 쏘아 올 것이라는 사실이 당한지를 당혹하게 만들었다.

카캉! 쩌꺼겅!

"아앗!"

"흐윽……!"

당한지와 당검비, 정무령은 흑전들을 쳐내면서 고통에 가득 찬 신음을 터뜨렸다.

흑전을 한 번 쳐낼 때마다 실제로 손아귀가 찢어졌으며 손목과 팔이 부러질 것만 같았다.

그녀는 대전 밖을 향해 날카롭게 외쳤다.

"무엇들 하느냐? 어서 공격해라!"

대전 밖 마당에 도열해 있는 오십 명의 고수에게 명령했지만 그들은 그녀의 명령에 따를 수 있는 상황이 아니었다.

쿵!

그 순간 당한지 등이 들어가 있는 운영각 대전 입구의 문이 굳게 닫히더니 사방에서 수백 명이 도검과 창 등을 움켜쥐고 빠르게 접근하고 있었기 때문이다.

이들이 비록 태사해문의 일류고수들이라고는 하지만 지금 사방에서 접근하고 있는 적의 수는 줄잡아 삼백여 명이므로 방심할 수가 없는 상황이다.

그뿐이 아니다.

투아앙! 콰아앙!

엄청난 굉음이 터지면서 수백 발의 흑전이 허공을 새카맣게 뒤덮으며 쏘아 오고 있다.

처컹! 까깡!

당한지는 일곱 번째 쏘아 오는 흑전을 쳐내자마자 다급하게 소리쳤다.

"그만해!"

그녀는 자신의 단말마적인 외침에 뜻이 충분히 담겨 있지 않음을 깨닫고 재차 비명처럼 외쳤다.

"졌다! 그만해라!"

오라비 당검비와 위검당주 정무령이 흑전에 맞아 피를 뿌리며 쓰러지는 것을 본 그녀는 패배를 인정할 수밖에 없었다.

그러자 쏘아 오던 흑전들이 뚝 끊겼다.

저만치에서 장하문이 조용한 목소리로 말했다.

"검을 버려라."

"으윽······."

당한지는 장하문을 쳐다보다가 얼굴이 보기 싫게 일그러졌다. 그는 탁사 앞에 앉아 있는 화운룡의 찻잔에 차를 따르고 있었기 때문이다.

그녀는 이리 뛰고 저리 뛰면서 흑전들을 쳐내느라 생고생을 하고 있으며 오라비와 수하는 흑전에 맞아 쓰러졌는데 화운룡은 느긋하게 차나 마시고 있는 것을 보자 그녀의 눈이 확 뒤집어졌다.

그녀가 검을 버리지 않자 장하문은 인정을 베풀지 않았다.

"쏴라."

그의 조용한 말이 떨어지자마사 내선 사방에서 예의 흑전들이 발사됐다.

투앙!

"앗! 멈춰!"

당한지는 소스라치게 놀라 뾰족하게 외쳤지만 흑전들은 이미 허공을 가르며 그녀에게 쏘아 오고 있는 중이었다.

더구나 당검비와 정무령이 쓰러졌기 때문에 열 발의 흑전들은 고스란히 그녀 한 몸으로 쏘아 오고 있었다.

그녀는 입술을 힘껏 깨물고 공력을 극한으로 끌어 올려 사력을 다해서 흑전을 쳐냈다.

카카캉! 쩌쩌쩡!

그러나 여덟 발을 쳐내고는 손아귀와 팔의 극심한 고통뿐만 아니라 더 이상 쳐낼 힘이 없어서 팔을 늘어뜨리고 말았다.

만약 흑전이 발사되기 전이었다면 장하문이 자비를 베풀어서 흑전을 발사하지 말라고 명령할 수도 있겠지만 이미 그녀의 반 장 이내로 쇄도하고 있는 두 발의 흑전을 어떻게 하지는 못했다.

마지막 순간에 그나마 그녀가 취할 수 있는 최선의 선택이라는 것은 다급하게 몸을 비틀어서 흑전이 급소에 꽂히는 것을 모면하는 것이다.

퍼퍽!

"아악!"

그녀는 가슴과 엉덩이가 시뻘겋게 달군 인두로 쑤시는 것 같은 충격과 고통을 느끼면서 처절한 비명을 질렀다.

앞과 뒤에서 흑전 두 발이 각각 그녀의 오른쪽 가슴과 허벅지에 꽂히자 그녀는 한 차례 크게 휘청거리다가 그 자리에 풀썩 쓰러졌다.

만약 최후의 순간에 몸을 비틀지 않았더라면 흑전은 각각 그녀의 심장과 뒤쪽 허리 한복판에 꽂혔을 것이다.

그녀는 흑전 때문에 옆으로 쓰러진 자세에서 뺨을 바닥에 대고 있는데 공교롭게도 그녀의 시야에 탁자에 마주 앉아서 차를 마시고 있는 화운룡과 장하문의 모습이 들어왔다.

"으으… 죽일 놈들……."

그녀는 원한 가득한 새파란 눈빛으로 두 사람을 쏘아보며 이를 갈았다.

그녀는 정신을 잃지 않으려고 기를 썼다.

그때 장하문이 자신에게 걸어오는 것을 보고 그녀는 일어나려고 버둥거렸지만 그저 몸만 꿈틀거릴 뿐이다.

가까이 다가온 장하문은 아직까지도 그녀의 오른손에 쥐어져 있는 검을 발로 가볍게 찼다.

탁!

가벼운 동작이었지만 당한지는 검이 손에서 벗어나는 순간 손목이 잘리는 고통을 느꼈다.

쓰러져 있는 그녀의 눈에는 보이지 않지만 그녀의 오른손 손아귀는 너덜너덜하게 찢어져서 피투성이가 된 상태였다.

장하문은 흑전에 꽂혀 있는 당한지를 번쩍 안고는 대전 입구로 성큼성큼 걸어갔다.

드긍……

대전 문이 활짝 열렸다.

대전 밖 드넓은 마당에서는 태사해문 오십 명의 고수가 사방에서 쏘아 오는 수백 발의 흑전들을 막고 피하느라 아비규환이 따로 없는 상황이었다.

비룡은월문의 무사 삼백여 명은 이십여 장 먼 거리에서 흑전을 소나기처럼 발사할 뿐 가까이 접근하지 않았다.

콰아아앙!

쿠와아아!

흑전 수백 발이 허공을 가득 뒤덮고 쏘아 오는 파공음이 마치 화산이 폭발하거나 거대한 폭포가 떨어지는 엄청난 굉음을 내고 있었다.

태사해문 고수 오십 명 중에서 벌써 이십여 명이 흑전에 맞아 죽거나 부상을 당해 쓰러져서 고통에 가득 찬 애절한 비명 소리를 내고 있었다.

"멈춰라!"

장하문의 우렁찬 외침이 터지자 비룡은월문 무사들의 흑전이 뚝 멈추었다.

그러나 마지막으로 발사한 수백 발의 흑전이 허공을 새카 맣게 뒤덮고는 태사해문 고수들에게 쏟아졌다.

카카캉! 쩌쩌쩡!

"흐악!"

"크억!"

그들은 미친 듯이 허우적거리면서 흑전을 쳐내는데 또다시 세 명이 흑전에 꽂혀 거꾸러졌다.

"허억… 헉헉……."

"흐으으… 헉헉……."

서 있는 자들은 수중에 검을 쥔 채 비지땀을 흘리면서 거친 숨을 몰아쉬었다.

대전 앞의 돌계단 위에 우뚝 선 장하문은 당한지의 뒷덜미를 잡고 머리 위로 들어 올려 태사해문 고수들이 잘 볼 수 있도록 했다.

"당한지는 제압됐다! 모두 무릎 꿇어라!"

당한지는 아직 정신을 잃지 않았으나 오른쪽 가슴과 왼쪽 엉덩이에 꽂힌 흑전이 몸을 관통하여 등과 앞쪽 허벅지로 두어 뼘이나 튀어나온 참담한 모습이었다.

"으으… 이놈들……."

그녀는 부들부들 떨면서 분노에 가득 찬 신음을 흘렸다.

태사해문 고수들은 일그러진 얼굴로 장하문과 당한지를 쳐다보고 있지만 선뜻 무릎을 꿇지 않았다.

"이 말이 끝날 때까지 무릎을 꿇지 않으면 당한지를 죽이고 너희들 모두를 죽이겠다!"

태사해문 고수들로서는 선택의 여지가 없다. 당한지를 살리기 위해서가 아니라 자신들이 살기 위해서 무릎을 꿇어야만 하는 상황이었다.

앞으로 몇 번 더 흑전이 발사된 후까지 서 있는 자가 없을 것이기 때문이다.

태사해문 고수들이 하나둘씩 무릎을 꿇더니 잠시 후 모두 무기를 버리고 무릎을 꿇었다.

장하문은 비룡은월문 무사들에게 명령했다.

"제압하라."

비룡은월문 무사들의 사기는 하늘을 찌를 듯이 드높았다.

그도 그럴 것이 대문파 태사해문의 소문주 당한지와 당검비, 그리고 강우조를 비롯하여 일류고수 오십 명을 자신들 손으로 죽이거나 깡그리 제압했기 때문이다. 절대로 일어날 수 없는 일이 일어난 것이다.

말하기가 쉽지 대저 태사해문이 어떤 문파인가.

안휘성 합비의 패자 태극신궁과 강소성 남경의 패자 사해검문이 무림 최강 춘추십패가 되겠다는 원대한 야망을 품고 합병한 대문파가 태사해문인 것이다.

그런 태사해문이 비룡은월문을 접수하려고 보낸 소문주 세 명과 당주 한 명, 그리고 일류고수 오십 명을 죽이거나 제압했으니 자랑스러움이야 두말하면 잔소리다.

비룡은월문은 태사해문하고는 모든 면에서 비교도 하지 못할 약소문파다.

지니고 있는 세력이나 힘에서도 태사해문이 백(百)이라면 비룡은월문은 일(一) 정도에 불과하다. 말하자면 다람쥐가 호랑이 뒷다리를 깨물어 부러뜨린 것이다.

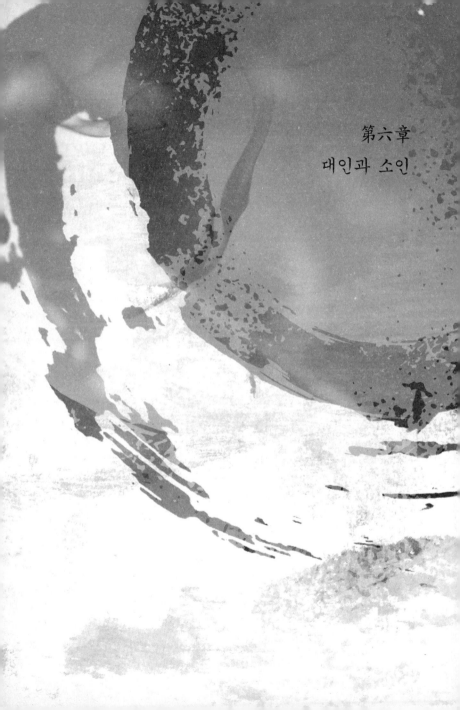

第六章
대인과 소인

운룡재 식당에 화운룡과 장하문을 비롯한 팔룡위, 그리고 창천과 보진이 모여서 술잔을 나누고 있었다.

태사해문이 보낸 소문주들과 오십 명 고수를 일망타진한 것에 대한 자축연을 벌이는 것이다.

창천과 보진은 그렇다 치고 팔룡위가 기쁨을 주체하지 못하고 자축을 해야 한다면서 이 자리를 만들어 화운룡과 장하문을 초대했다.

장하문은 커다랗고 둥근 탁자에 둘러앉은 사람들을 천천히 돌아보면서 엷은 미소를 지으며 말했다.

"이제 태사해문은 쉽사리 도발하지 못할 것이다."

소문주 세 명을 비롯하여 수십 명의 고수가 잡혀 있기 때문에 태사해문은 함부로 손을 쓰지 못할 것이라는 뜻이다.

소문주들은 옛 태극신궁의 궁주와 사해검문 문주의 자식들이다. 어느 부모가 자식들이 죽는 꼴을 보려고 다시 공격을 하겠는가.

그 부모들은 설마 이 지경이 될 줄은 전혀 예상하지 못했을 것이다.

소랑과 하녀들이 부지런히 요리를 가져와서 탁자에 가득 차리고 있다.

"모두 애썼다."

장하문의 치하에 숙빈이 주먹으로 탁자를 가볍게 내려치며 큰소리를 쳤다.

탕!

"화살만 쏘다가 끝나서 아쉬웠어요. 그것들하고 한판 신나게 붙었어야 했는데……."

벽상이 타이르듯 말했다.

"어떤 싸움이든지 빨리 끝날수록 좋아."

그녀는 장하문을 쳐다보았다.

"…라고 장 군사께서 평소에 자주 말씀하셨다."

장하문은 빙그레 미소 지으며 화운룡을 쳐다보았다.

"그것은 주군의 가르침이시다. 피해를 최소화한 승리가 최고라고 말씀하셨지."

중인은 '과연'이라는 표정으로 고개를 끄떡였다.

화운룡은 왼쪽에 앉은 도도가 따라준 술잔을 들며 좌중을 둘러보았다.

"예상했던 것보다 너희들의 회천탄 실력이 괜찮더군."

벽상이 감탄했다.

"겨우 닷새 남짓 배웠을 뿐인데 그 정도 위력을 발휘해서 저희들도 정말 놀랐어요."

화운룡 오른쪽에 앉은 장하문이 미소 지으며 말했다.

"너희들 실력이 뛰어난 것이 아니라 회천탄 자체가 워낙 훌륭한 궁술이기 때문이다."

"그런 것 같아요. 저희는 단지 회천탄 초식 구결에 따라서 활을 쏘았을 뿐이에요."

벽상은 어깨에 메고 있는 전통에서 흑전 하나를 뽑아서 만지작거리며 살펴보았다.

"이 무령강전(武靈鋼箭)은 정말 대단해요. 보통 화살보다 길이가 길고 무겁고 크지만 검으로 쳐도 잘리지 않는다는 사실이 신기해요."

그녀는 옆에 앉은 감중기가 자신의 잔에 술을 따르는 것을 힐끗 보고는 장하문에게 물었다.

"군사님, 이 무령강전은 무엇으로 만들었나요?"

"앞의 전촉(箭鏃: 화살촉)은 무령강(武靈鋼)이라는 서장에서 나는 특수한 쇠를 사용했으며 전간(箭幹: 화살대)은 무령강과 강철을 섞은 합금이다."

"아……."

"무령강으로 만든 전촉은 무쇠를 뚫고 무령강과 강철의 합금인 전간은 보검이나 보도가 아닌 이상 자르지 못한다."

팔룡위와 창천, 보진은 궁술 회천탄을 배울 때 이런 설명을 듣지 못했다.

단지 화운룡이 회천탄의 초식 구결과 그것을 어떻게 시전하는지만 모두가 숙달될 때까지 거듭해서 가르쳤다.

보통 화살은 재질이 나무이기 때문에 거기에 공력을 싣는 일이 여간 어려운 일이 아니다. 최소한 공력이 일 갑자 육십 년이 넘어야지만 가능하다.

그렇다고 해서 무령강전에 공력을 싣는 일이 아무나 할 수 있을 만큼 쉽다는 뜻이 아니다.

그러기 위해서는 회천탄의 초식 구결이 필수적이다. 무령강전을 만든 화운룡이 창안한 회천탄 초식 구결을 운용하면 무령강전에 십 년이든 이십 년이든 얼마든지 공력을 실어서 발사할 수가 있으며, 그것이 고스란히 적에게 충격을 입히게 된다.

그렇지만 회천탄 구결은 몹시 난해하기 때문에 화운룡이 구결을 쉽게 풀어서 설명하고 또 일일이 시범을 보이지 않고는 천재가 아닌 이상 배우기가 쉽지 않다.

"무령강 같은 것을 어떻게 구했어요?"

이번에는 숙빈이 물었다. 그녀는 기분이 매우 좋아서 오라비 조연무와 함께 주거니 받거니 연달아 술을 마시고 있다.

"주군께서……."

"장 군사가 구했다."

장하문이 화운룡의 공이라고 말하려는 것을 화운룡이 솔직하게 말했다.

"상단에서 파사(波斯: 페르시아)의 물건을 사 왔는데 그것들 중에 무령강이 있는 것을 장 군사가 알아내고 내게 보고해서 화살과 활을 만들라고 지시한 거야."

숙빈이 눈을 빛냈다.

"활이 따로 있어요?"

사실 화살 무령강전만 대량으로 만들어졌으며 활 회천궁은 만들고 있는 중이라서 일반 활을 사용하고 있었다.

장하문이 설명했다.

"활은 회천궁(回天弓)이라고 하는데 현재 천 개를 제작하고 있으며 닷새 후에는 완성될 것이다."

장하문은 군사이므로 팔룡위 모두의 상전이라서 숙빈이나

조연무에게도 하대를 한다.

장하문의 말에 모두의 얼굴이 환하게 밝아졌다.

"그렇다면 회천궁으로 무령강전을 발사하면 위력이 훨씬 좋겠군요?"

장하문은 고개를 끄떡였다.

"세 배 이상 강력해질 거야."

"아아……."

"맙소사… 무령강전은 지금도 무적인데 세 배 이상 강해진다면 대체 어느 누가 그걸 막겠어요?"

장하문은 담담한 미소를 지었다.

"회천탄을 십 성까지 완벽하게 터득한다고 해도 무적이라고는 말할 수 없다. 하물며 아직 일 성도 익히지 않은 너희들은 일류고수 한 명하고도 일대일로 싸우지 못할 것이다."

숙빈이 어이없다는 표정으로 되물었다.

"회천탄을 십 성까지 터득해도 무적이 아니라는 건가요?"

"그렇다."

"왜 그렇죠?"

"궁술은 주된 무공이 아니라 어디까지나 보조 무공이기 때문이다. 적 한 명과 가까운 거리에서 일대일로 싸울 때 회천탄만으로 이길 수 있다고 보는 건가?"

"아……."

"그렇군요."

"이번에 우리가 태사해문을 이긴 것은 다수의 힘에 회천탄의 놀라운 위력이 더해졌기 때문이다."

중인은 장하문의 말을 십분 이해했다.

팔룡위와 창천, 보진 열 명을 비롯한 비룡은월문 전원은 아직 회천탄의 일 성조차 익히지 못한 상황이다.

그런데도 회천탄이 워낙 강력하기 때문에 위력을 발휘했으며 다수가 한꺼번에 무령강전을 발사한 덕분에 당한지를 비롯한 태사해문 고수 오십 명을 제압할 수 있었던 것이다.

그러므로 이번 성공은 어느 하나가 아닌 모두의 조화가 만들어냈다고 할 수 있다.

"나하고 얘기 좀 해."

숙빈이 화운룡을 식당 밖으로 불러내서는 그의 손을 잡고 어느 방으로 이끌었다.

다른 사람들은 여전히 식당에서 술을 마시고 있는 중이며 숙빈이 화운룡을 불러내는 것을 봤다.

조연무도 숙빈이 화운룡을 불러내는 것을 알았지만 모른 체 내버려 두었다.

숙빈이 왜 그러는지 짐작하기 때문이고 한 번은 짚고 넘어가야 할 일이기 때문이다.

숙빈은 꽤 취했으나 자신의 정신은 똑바르다고 생각했다. 그녀는 손님용 침실의 실내 한가운데 화운룡과 마주 섰다.

"오라버니, 나한테 솔직하게 말해줘."

화운룡은 숙빈이 무슨 말을 하려는 것인지 짐작하지만 그녀의 깊은 속마음까지는 알지 못했다.

숙빈의 얼굴에는 결연함이 엿보였다.

"오라버니 이제 나하고 파혼하는 거야?"

원래 화운룡은 말을 빙빙 돌리거나 회피하는 성격이 아니었다.

"그래. 미안하구나, 빈아."

숙빈은 화운룡의 이런 대답을 예상하고 있었으나 막상 그의 입으로 직접 들으니까 가슴이 미어지는 것 같았다.

화운룡은 어찌 됐던 자신이 잘못했기 때문에 숙빈에게 어떤 대가라도 치를 생각이다.

"다른 방법은 없는 거야?"

"네가 무엇을 원하든지 다 들어주마."

"그럼 파혼하지 말아줘."

숙빈은 애원했고 화운룡은 얼굴이 흐려졌다.

"그건 안 된다. 그런 것 말고 네가 원하는 것이라면 뭐든지 들어주마."

"내가 원하는 건 오라버니의 여자가 되는 거야. 그것 말고는 아무것도 원하지 않아."

"빈아, 원래 우리의 정혼은 부모님들께서 일방적으로 정하신 거였잖느냐? 그리고 너는 언제나 나를 탐탁하지 않게 생각했다고 안다."

"지금은 아냐. 지금은……."

급기야 숙빈의 두 눈에 눈물이 고여 들었다.

"나는 오라버니를 사랑하고 있었어. 그걸 바보처럼 이제 와서 깨달은 거야."

화운룡은 숙빈의 말을 이해하지 못했다. 사랑을 하면 처음부터 사랑하는 것이지 그걸 모르고 있다가 이제 와서 깨달았다는 것이 뭐란 말인가.

숙빈은 울음을 터뜨렸다.

"으흐흑……! 나하고 오라버니는 태어나면서부터 가까운 사이였어. 세상천지에 우리보다 가까운 사이는 없는 거야. 그런데 어느 날 갑자기 불쑥 나타난 여자 때문에 우리 사이가 이렇게 깨져도 되는 거야?"

화운룡과 옥봉은 예전의 생에서부터 지금 생까지 이어지고 있는 질긴 인연이다.

그리고 두 사람은 옥봉의 꿈속 무릉도원 용황락에서 오십 년이나 부부로 같이 살았다.

하지만 화운룡으로서는 그런 사실을 숙빈에게 설명할 수

없으며 설명한다고 해도 숙빈이 이해할 리가 없었다. 오히려 오해만 더 커질 뿐이다.

"엉엉……! 게다가 그 여자는 오라버니보다 나이가 많잖아. 어떻게 나이 많은 여자를 좋아할 수가 있는 거지?"

숙빈은 아예 어린아이처럼 울어댔다.

숙빈은 사유란을 화운룡의 연인으로 오해하고 있었다. 하지만 화운룡은 거기에 대해서 해명하지 않았다.

혼인할 여자가 사유란이 아니고 옥봉이라고 하면 일만 더 커질 뿐이다.

"오라버니……."

숙빈은 한 걸음 앞으로 다가서며 두 팔로 화운룡의 허리를 감고 몸을 밀착시켰다.

그녀는 눈물을 비 오듯이 흘리면서 그를 올려다보았다.

"제발 나를 버리지 마……. 오라버니가 버리면 난 죽어……."

"빈아."

그녀는 화운룡 가슴에 뺨을 대고 두 팔로 힘껏 그를 끌어안으며 흐느꼈다.

"흐흐흑! 오라버니 여자만 될 수 있으면 첩이라도 상관없어. 정말이야……."

화운룡은 이럴 때는 어떻게 해야 할지 막막해서 그냥 우두커니 서 있기만 했다.

"오라버니… 날 버리지 마. 사랑하고 있어……. 난 오라버니의 첩이 될 거야… 으흐흑……!"

"빈아, 나는……."

화운룡은 숙빈의 행동을 보고서야 그녀의 절박한 마음을 어렴풋하게나마 짐작할 수 있게 되었다. 그래서 더더욱 아무 말도 하지 못했다.

그때 문이 열리고 조연무가 조용히 들어왔다.

"빈아."

조연무는 화운룡과 눈이 마주치자 슬쩍 외면하고 숙빈의 어깨를 잡고 떼어냈다.

"가자."

"안 돼! 용 오라버니의 대답을 들어야만 해……."

조연무가 강제로 떼어서 문으로 끌고 가자 숙빈은 처절할 정도로 흐느껴 울면서 화운룡을 바라보았다.

"용 오라버니……! 정실을 바라는 게 아냐……. 첩이라도 상관없으니까 날 버리지만 말아줘… 엉엉!"

그녀가 워낙 큰 소리로 통곡했기 때문에 운룡재 안에 있는 사람들은 다 들었을 것이다.

오늘 밤 숙빈이 술에 취하지 않았다면 이런 일은 벌어지지 않았을 것이다.

그녀는 그동안 마음속에 꾹꾹 눌러 담았던 것을 술에 힘을 빌어서 터뜨렸다.

이렇게라도 하지 않으면 마음의 병 심화(心火)가 덧나서 머리 싸매고 앓아누워야 했을 터이다.

숙빈은 조연무에게 끌려가면서도 흐느껴 울면서 첩이라도 좋으니까 자신을 버리지 말라고 애원했다.

화운룡은 마음이 더할 수 없이 착잡하여 그냥 우두커니 서 있기만 했다.

그는 숙빈이 술이 깨고 나면 팔룡위에서 떨어져 나갈 것이라고 생각했다.

어쩌면 조연무도 같이 행동할지 모른다. 두 사람이 그런다고 해도 조금도 이상한 일이 아니다. 아니, 오히려 팔룡위에 계속 붙어 있는 것이 이상하다.

팔십사 년을 산 십절무황 화운룡이지만 이럴 때는 어떻게 해야 할지 대책이 서지 않았다.

요즘 사유란은 밤에 자면서 울지 않았다. 눈물이 말라 버렸기 때문이다.

이제 그녀는 남편 주천곤이 죽었다고 믿는 것 같았다. 헤어진 지 한 달이 넘도록 찾아내지도 못하고 돌아오지도 않으니까 그렇게 믿을 수밖에 없었다.

남편이 죽음은 그녀가 인생을 포기하게 만들었다. 더 이상 살아갈 의미를 잃은 여자가 무엇을 할 수 있겠는가.

그녀는 하루 종일 거의 말을 하지 않고 화운룡의 침실에만 틀어박혀 있었다.

화운룡이나 옥봉이 밖에 데리고 나가지 않으면 두문불출 침실에서 하루 온종일 보냈다.

사유란은 시간이 지날수록 점점 더 화운룡을 의지했다. 그는 그녀의 사위지만 보호자가 되어갔다.

비룡은월문에 왔던 태사해문 고수 오십 명 중에서 무령강전에 맞은 여덟 명이 죽고 열나섯 명이 부상을 입었다.

화운룡의 명령으로 장하문은 살아남은 사십이 명의 태사해문 고수들의 무공을 폐지시켰다.

그러지 않고 돌려보낸다면 태사해문으로 돌아가서 다시 비룡은월문의 적이 될 것이다.

그렇다고 해서 그들을 모두 죽인다는 것은 화운룡이 원하는 일이 아니다. 그는 될 수 있으면 살인을 하지 않으려고 노력하고 있었다.

장하문은 무공을 폐지시킨 사십이 명을 풀어주면서 수레에 죽은 시체 여덟 구를 실어 태사해문으로 돌려보냈다.

화운룡은 소랑을 데리고 비룡은월문 내의 의원인 호민원(護民院)으로 갔다.

원래는 의원 같은 것이 없었지만 장하문이 방치된 빈 전각을 활용하여 만든 이후 요긴하여 사용하고 있는 중이다.

호민원은 삼 층의 커다란 전각을 통째로 사용하며 다섯 명의 의원과 그들을 보조하는 의생과 의녀 이십여 명이 비룡은월문의 문하 제자 육백여 명을 책임지고 있었다.

이틀 전 운영각에서 팔룡위와 창천, 보진 등 열 명의 회천탄 집중 공격을 받고 위검당주 정무령은 그 자리에서 죽었으며, 당한지와 당검비, 강우조는 부상을 입어 호민원에서 치료를 받고 있었다.

"강우조는 화살이 중요 혈맥을 관통하여 무공이 폐지됐습니다. 그리고 당검비는 오늘 오전에 깨어났지만 전혀 움직이지 못하는 실정입니다."

호민원을 총괄하는 호민원주가 이 층으로 오르는 화운룡을 따르면서 설명했다.

"당한지는 어떤가?"

"그게… 치료를 제대로 하지 못하고 있습니다."

"어째서?"

태주현 인근에서 가장 의술이 뛰어난 의원을 장하문이 수소문하여 높은 녹봉을 주고 데려와 호민원주로 삼았다.

호민원주는 난감한 표정을 지었다.

"당한지가 치료를 거부하고 있습니다. 여자 의원에게 치료를 받겠다고 고집을 부리는데 소문주께서 아시다시피 저희는 남자 의원뿐이라서……."

어디를 가나 여자 의원은 품귀 상황이다.

"상대는 중상을 입은 여자일세. 고집을 부리더라도 치료를 강행하지 않으면 상처가 심해지지 않겠나?"

"그건 당한지가 얼마나 발악을 하는지 소문주께서 모르셔서 하시는 말씀입니다."

"발악을 해?"

삼 층에 다 올라선 화운룡은 걸음을 멈추었다.

"남자 의원들이 치료를 하려고 들면 혀를 깨물거나 운공조식을 역행해서 혈맥을 파열시켜 자결하겠다고 으름장을 놓는 바람에 근처에 가지도 못하고 있습니다."

"허어……."

"의녀들을 시키자니 의술이 모자라고, 당한지의 혼혈을 제압하고 치료를 하자니 근처에 접근도 못 하고 있는 상황이라서 저희들도 난감한 입장입니다."

화운룡은 무령강전이 당한지의 오른쪽 가슴과 왼쪽 엉덩이 부위에 꽂혔다는 사실을 알고 있다.

특히 엉덩이에 꽂힌 무령강전은 관통하여 허벅지 부위 가까운 곳으로 튀어나갔을 것이다.

"빨리 치료를 하지 않으면 상처 부위에 응혈이 생기고 찢어진 장기를 약이나 공력으로 붙일 수 없게 됩니다."

당한지는 침상에 이불을 덮고 누워 있는데 실내로 들어서는 화운룡을 새빨갛게 충혈된 눈에 원한을 가득 담은 채 무섭게 쏘아보았다.

으드득…….

"이놈! 여긴 무엇 하러 왔느냐?"

당한지는 호민원주가 말한 그대로 나찰처럼 발악을 했다.

그녀는 자신이 혼절하거나 잠을 자면 남자 의원들이 자신을 치료할까 봐 지난 이틀 동안 뜬눈으로 새웠다고 했다. 중상을 입은 몸으로 먹지도 자지도 않고 있으므로 상처는 더욱 악화됐을 것이다.

"이놈아… 어서 날 죽여라……. 날 얼마나 더 수치스럽게 만들 셈이냐… 으윽……."

그녀는 일어나려고 버둥거리면서 악을 쓰다가 신음을 흘리면서 축 늘어졌다.

화운룡은 호민원주를 돌아보았다.

"자넨 나가게."

호민원주가 나가자 화운룡은 당한지에게 다가갔다.

"무얼 하려는 것이냐? 내 몸에 손을 댔다가는 절대로 네놈을 용서하지 않겠다!"

당한지는 서슬이 퍼래서 바락바락 악을 썼다.

확!

화운룡은 개의치 않고 이불을 걷었다.

"너 이놈……."

당한지는 또다시 소리를 지르려다가 화운룡이 아혈을 제압하자 입만 벙긋거릴 뿐 말을 잇지 못했다.

이런 식으로 혈도를 제압하면 될 것을 의원들은 당한지가 너무 펄펄 날뛰니까 겁을 먹었나 보다.

화운룡은 눈살을 찌푸렸다. 당한지의 몰골이 가관이 이니기 때문이다.

그녀는 운영각에서 무령강전에 맞았을 때와 똑같은 복장이며 온몸이 피투성이다. 아무도 그녀를 건드리지 못했으니 당연한 일이었다.

오른쪽 가슴과 엉덩이에 꽂혔던 무령강전만 뽑은 이후 전혀 치료를 하지 않고 씻지도 않은 모습이라서 입고 있는 옷과 침상 바닥, 이불이 피범벅이었다.

치료를 하지 못하는 의원도 의원이지만 정작 당사자인 그녀의 고통이 더욱 심했을 것이다.

피 구덩이 속에서 상처가 썩어가고 있는데도 속수무책이었으니 오죽 답답했겠는가.

"랑아, 옷을 벗겨라."

침상으로 다가서던 소랑은 당한지가 눈을 부릅뜨고 입을
벌리면서 뭐라고 벙긋거리는데 말은 나오지 않지만 너무 살벌
한 표정이어서 주춤거렸다.

"됐다. 내가 하마."

소랑이 살았다는 듯 급히 물러나고 화운룡이 가까이 다가
가자 당한지는 금방이라도 졸도할 것 같은 얼굴로 온몸을 부
들부들 마구 떨었다.

하지만 화운룡은 개의치 않고 그녀의 상의부터 차근차근
벗기기 시작했다.

찌이익…….

피가 말라서 옷이 살에 들러붙어 떼어지면서 찢어졌다.

그렇게 벗겨내자 검붉은 피범벅과 피딱지가 엉겨 붙은 몸
뚱이가 드러났다.

눈치 빠른 소랑이 어느새 의녀를 시켜서 큼직한 나무통에
따뜻한 물과 부드러운 헝겊을 갖고 오게 했다.

"몸을 닦아라."

화운룡이 말하고 뒤로 물러서자 의녀가 따뜻한 물에 헝겊
을 적셔 당한지의 몸을 닦기 시작했다.

얼마나 피범벅과 피딱지가 들러붙었으면 의녀가 당한지 몸

을 깨끗이 다 닦아내는 데 족히 반 시진이나 걸렸다.

이쯤 되면 포기할 만도 한데 당한지는 계속 몸을 부들부들 떨면서 무언의 분노와 저항을 분출시키고 있었다.

그녀는 화운룡이 팔짱을 긴 채 의녀가 닦아내고 있는 자신의 나신을 물끄러미 굽어보고 있는 것을 보고는 두 눈에서 눈동자가 사라질 정도로 분노했다.

하지만 말을 하지 못하고 입을 크게 벌리며 목구멍에서 끅끅거리는 소리만 낼 뿐이다.

"다 됐습니다."

이윽고 의녀가 시뻘겋게 변한 물통을 들고 뒤로 물러났다.

"약새를 준비하라."

화운룡은 의녀에게 지시하고 소매를 걷어붙이며 당한지에게 가까이 다가들었다.

소랑은 힐끗 화운룡을 쳐다보았다. 예전에 그는 틈만 나면 소랑에게 집적거렸으며, 특히 술에 취하면 그녀에게 들러붙어서 엉큼한 짓을 하려다가 외려 호되게 당했던 적이 셀 수도 없이 많았다.

그렇지만 지금 당한지의 눈부시고 농염한 나신을 응시하는 화운룡의 얼굴에는 추호의 음탕함도 떠올라 있지 않고 담담할 뿐이었다.

아니, 그는 비단 당한지의 나신을 쳐다보지 않았을 뿐만 아니라 당한지의 오른쪽 가슴 상처에 시선이 고정되어 있었다. 그걸 보면 그의 관심사가 오로지 상처를 치료하는 것뿐이라는 사실을 알 수 있었다.

당한지는 너무 수치스러워서 눈을 질끈 감고 있는데 눈물이 방울방울 흘러내렸다.

"곪기 시작했다. 치료를 시작하자."

화운룡의 말에 당한지는 움찔하며 눈을 떴다.

화운룡은 의녀에게서 섭자(鑷子: 족집게)와 가판아(枷板兒: 의료용 칼)를 두 손으로 받아 상체를 숙였다.

"앉아서 하세요."

소랑이 재빨리 화운룡에게 의자를 내밀었다.

그는 의자에 앉아서 상처에 시선을 고정시키고 양손의 섭자와 가판아를 능숙하게 움직였다.

십절무황이 되기까지 수만 번의 싸움과 전투를 겪으며 셀수도 없는 상처를 입고, 또 동료들을 치료했던 경험이 있는 그에게 이 정도 상처는 눈 감고서도 치료할 수 있다.

당한지는 자신의 예상이 완전히 빗나갔음을 깨달았다. 화운룡이 그녀의 나신에는 눈길조차 주지 않고 곧장 치료를 시작한 것이다.

눈물 너머로 부옇게 보이는 화운룡의 모습은 차라리 엄숙할 정도였다.

'이 작자……'

무언지 알 수 없는 뭉클함이 엄습했다.

당한지는 화운룡에 대해서 정확하게 알지 못한다. 수집한 정보에 의하면 예전에는 개망나니에 허약하기 이를 데 없었는데 어느 날 건달들에게 납치되어 강물에 빠져서 죽을 뻔했다가 살아난 후로는 사람이 완전히 변했다는 것이다.

그러고는 삼류 문파에 속하지도 못하는 해남비룡문을 이끌어서 오늘에 이르렀다는 것이다.

상처는 오른쪽 가슴 바로 위다. 유방의 불룩한 융기가 경사를 이루는 곳이며 다행히 그곳에는 장기가 없어서 무령강전이 뼈를 부러뜨리고 살과 근육을 뚫었을 뿐이므로 상처를 치료하고 곪지 않도록 하면 된다.

화운룡은 섭자로 상처를 벌리고 가판아로 상처를 베어 넓히고는 구부러진 구자(鉤子: 국자 모양의 갈고리)를 상처 속으로 집어넣어 피고름을 긁어냈다.

무시무시한 고통으로 인해 당한지는 입을 크게 벌리고 몸을 부르르 세차게 떨었다.

화운룡은 힐끗 그녀를 보고는 혼혈을 짚으려고 손을 뻗었다. 혼혈을 제압하면 고통을 느끼지 못한다.

그런데 당한지가 눈을 크게 뜨고 똑바로 그를 쳐다보았다. 그녀의 눈빛은 혼혈을 제압하지 말라고 말하고 있었다.

그러나 화운룡은 혼혈을 눌렀고 그녀는 이내 눈을 감으며 축 늘어져 혼절했다.

화운룡은 그녀가 꽤나 독종이라고 생각했다.

"음……."

당한지는 나직한 신음 소리를 내면서 깨어났다.

그러고는 아무 생각 없이 천천히 눈을 떴다.

"……."

여러 색깔의 고아한 십장생 그림이 그려져 있는 넓은 천장이 시야에 가득 들어왔다.

"아……."

당한지는 자신이 부상을 당해서 비룡은월문 의원에 누워 있었던 기억을 떠올렸다.

그때 오른쪽 가슴과 하체 부위의 상처가 뻐근하면서 찌르르한 통증이 전해졌다.

"음……."

그녀는 묵직한 신음 소리를 흘리면서 몸을 움직여 상체를 세웠다. 상처 부위가 몹시 아팠지만 죽을 정도는 아니다.

그녀는 자신의 몸이 어떤지가 제일 궁금했다. 상처가 제대로 치료됐는지도 궁금하지만 그보다는 옷을 입고 있는지 벌거벗고 있는지가 몹시 신경 쓰였다. 그것은 아마도 화운룡이 치료를 했기 때문일 것이다.

스—

천근 같은 팔을 뻗어서 덮어 있는 이불을 걷어내니까 그녀의 예상대로 벌거벗고 있는 나신이 드러났으며 오른쪽 가슴 위쪽에 흰 천이 감겨 있는 것이 보였다.

설마 하는 생각에 힘겹게 상체를 조금 더 세워서 아래쪽을 내려다보니까 은밀한 부위 바로 옆 허벅지 가장 깊은 곳에 흰 천이 감겨 있었다.

손을 뻗어 엉덩이를 만져보니까 흰 천은 엉덩이와 허벅지에 감겨져 있었다.

오른쪽 가슴과 왼쪽 엉덩이는 화살이 관통을 했기 때문에 흰 천을 그렇게 묶어야만 한다.

'그놈이?'

반사적으로 화운룡이 떠올랐다. 그녀의 마지막 기억은 화운룡이 그녀를 치료하다가 혼혈을 제압하려던 순간이었다.

그 당시에 그녀는 지독하게 고통스러웠지만 화운룡이 혼혈을 제압하는 것은 원하지 않았다.

고통을 잊으려면 혼혈이 제압되어 혼절하는 것이 좋은 방법이지만 그러고 싶지 않았다.

아마도 그녀가 벌거벗은 몸이기 때문이었을 것이다. 그 상태에서 원수 같은 화운룡에게 몸을 내맡긴 채 혼혈에 제압되는 것이 죽기보다 싫었다.

하지만 어쨌든 그녀는 혼절했으며 상처가 말끔하게 치료된
후에 깨어났다.

누구에게 묻지 않아도 화운룡이 그녀의 상처를 치료했다는
사실을 알 수 있다.

'죽일 놈……'

정말 원한이 솟구쳐서 욕을 한 것이 아니라 그냥 아무 뜻
없는 욕이다.

화운룡이 치료를 하기 전에 그녀는 자신의 몸 상태, 즉 치
료를 하지 않고 버티다가는 상처가 덧나서 죽게 될 것이라는
사실을 인지하고 있었다.

그녀도 사람인 이상 그렇게 죽는 것이 싫었다. 아니, 철천지
원수 화운룡에게 복수를 하지도 못하고 죽는다는 것이 용납
되지 않았다.

그렇지만 치료를 하려면 남자들에게 자신의 몸을 맡겨야
하는데 죽으면 죽었지 그건 더욱 용납할 수 없었다.

그런 상황에 화운룡이 들이닥쳐서 그녀가 어떻게 해볼 겨
를도 없이 벌거벗기더니 급기야 혼혈까지 제압하고는 치료를
해버렸다.

문득 화운룡이 자신의 상처를 치료하면서 나신을 샅샅이

보고 또 만졌을 것이라는 사실에 생각이 미치자 당한지는 온 몸의 피가 얼굴로 확 몰렸다.

두 군데 상처는 유방과 허벅지 부위다. 화살이 유방 윗 부위와 은밀한 부위에서 손가락 반 마디밖에 떨어지지 않은 부위라고 하지만 그건 유방과 은밀한 부위에 상처를 입은 것이나 다름이 없었다.

화운룡이 신이 아닌 이상 유방과 은밀한 부위를 만지거나 스치지 않고 치료를 할 수는 없었을 것이다.

그러나 당한지는 그가 치료를 막 시작했을 때 자신의 벗은 몸에는 눈길조차 주지 않았던 것을 기억하고 있었다.

그가 정말 당한지의 나신에 관심이 없었던 것인지 아니면 그녀 앞에서 단지 그런 척만 했는지는 알 수 없지만, 그녀 생각에는 전자인 것 같았다.

그런 생각을 하니까 그녀의 본심하고는 다르게 조금 안도하는 마음이 생겼다.

만약 화운룡이 음탕한 눈빛으로 그녀의 몸을 살펴봤다면 혀를 깨물고 자결을 해도 시원치 않을 터이다.

그녀는 화운룡이 자신을 이렇게 극진하게 치료를 해주었다는 사실이 적잖이 뜻밖이고 또 놀라고 있었다.

역지사지 만약 서로의 입장이 바뀌었다면 그녀는 화운룡을 뇌옥에 가둔 후에 수하더러 대충 상처를 지혈이나 시켜주라고 명령했을 것이다.

그런데 화운룡은 그녀를 뇌옥이 아닌 한눈에도 매우 좋아 보이는 이런 침실에 옮겨놓았다.

더구나 남자 의원들의 치료를 한사코 거부하는 그녀를 그 가 직접 치료해 주었다.

치료할 때 그의 모습과 행동을 봤을 때는 결코 그녀에게 음 심을 품고 있는 것 같지 않았다. 그는 정성을 다해서 치료를 해주었다.

'그놈이 대체 무슨 속셈으로……'

결국 당한지는 화운룡이 어떤 흑심이 있어서 자신을 이처 럼 극진하게 대접하는 것이라고 추측했다.

그러지 않고서는 그녀의 상식으로는 이런 상황이 도저히 이해되지 않았다.

하지만 화운룡이 어떤 흑심을 품고 있든지 절대로 호락호 락 당하지 않을 것이라고 그녀는 거듭 다짐했다.

'그놈은 나를 너무 쉽게 봤어.'

이런저런 생각을 곱씹어서 하던 그녀는 잠시 후에 몸을 더 일으켜서 앉으려고 시도했다.

"으음……"

그러나 상처 부위가 갈가리 찢어지는 것 같고 힘이 모아지 지 않아서 앉는 것은 아직 무리다.

운공조식을 하고 싶지만 가부좌의 자세를 취할 수 없으므로 무리였다.

어떻게 하든지 운공조식을 해서 현재 공력이 어느 정도 모아지는지 알아야지만 안심이 될 것 같았다.

척!

그때 문이 열리고 의녀가 들어오다가 당한지가 깨어 있는 것을 보고 깜짝 놀랐다.

"깨어났나요?"

의녀는 쟁반에 탕약을 갖고 침상으로 다가오면서 반색하며 미소 지었다.

의녀의 행동을 보면 당한지가 비룡은월문을 전멸시키려다가 중상을 입은 사실을 모르는 것 같았다. 그렇지 않고서야 이렇게 친절할 수가 없다.

그렇지만 다시 한번 생각해 보면 당한지가 비룡은월문에 무엇 때문에 왔으며 어쩌다가 중상을 입었는지 의녀가 모른다는 것은 말이 안 된다.

그러면서도 이렇게 친절하다는 것이 이상했다. 하지만 의녀의 언행을 보면 절대 가식이 아니다.

"약을 복용시키려고 몇 번이나 왔었는데 깨어나지 않아서 그냥 돌아갔어요."

의녀는 당한지의 얼굴을 덮은 머리카락을 부드럽게 쓸어 올려 주면서 부드럽게 미소 지었다.

"어째서 나한테 이렇게 잘해주는 거죠?"

당한지가 불쑥 묻자 의녀는 어리둥절한 표정을 지었다.

"아픈 사람에게 의녀로서 다정하게 대하는 것은 당연한 일 아닌가요?"

"나는 적이에요. 내가 무엇 때문에 비룡은월문에 왔는지, 와서 무슨 짓을 했는지 모르나요?"

"알아요."

"그걸 알면서도 왜 나한테 잘해주는 건데요?"

의녀는 배시시 미소 지었다. 지금 생각해 보니까 당한지가 처음 이곳에 왔을 때부터 이 의녀는 한 번도 화를 내거나 얼굴을 찌푸린 적이 없었다는 사실을 이제야 알았다.

"우리 비룡은월문에서 의원과 의녀, 의생들을 뽑을 때 가장 중요하게 본 것이 무언지 아세요?"

"뭐죠?"

"인성(人性)이에요. 얼마나 환자를 따뜻하게 대할 수 있는 사람인지 그걸 첫 번째로 보고 우릴 뽑았어요."

무사를 뽑을 때 선발 기준이 무조건 실력이듯이, 의원이나 의녀도 출중한 실력을 보고 뽑는 것이 당연하다고 알고 있는 당한지로서는 금세 이해하지 못할 얘기다.

"그때 면접장에서 소문주께서 직접 하신 말씀을 들었어요.

훌륭한 의술은 배우고 익히면 되지만 좋은 인성은 타고나야 한다고 말이에요."

의녀는 두 손을 가슴에 모으고 존경 어린 표정을 지었다.

"또 이런 말씀도 하셨어요. 아프거나 다친 사람은 피아(彼我)를 따지지 말고 정성을 다해서 치료해야 하는데 그 이유가 생명이란 어느 누구나 다 소중하기 때문이라고 말이에요."

당한지는 멍한 기분이 들었다. 조금 전에 그녀는 화운룡이 자신에게 잘 대해주는 이유가 달리 흑심이 있기 때문일 것이라고 생각했는데 그게 아니었던 것이다.

화운룡이 의녀를 교육시켜서 당한지가 물으면 이렇게 대답하라고 시켰을 리는 없었다.

당한지가 그런 걸 물을지 묻지 않을지 어떻게 알고 미리 의녀를 교육시켰겠는가. 화운룡이 그렇게 한가한 사람처럼 보이지도 않았다.

당한지는 그제야 자신의 몸이 드러난 것을 깨닫고 이불로 몸을 덮으면서 물었다.

"내가 얼마나 잤죠?"

"이틀이에요."

당한지는 해연히 놀랐다. 한숨 푹 자고 깬 것 같은데 이틀씩이나 잤다니 믿어지지 않았다.

"이틀씩이나……."

그녀는 번뜩 생각나는 것이 있어서 물었다.

"그럼 치료는?"

"소문주께서 매일 하루에 두 번씩 오셔서 직접 소저를 치료하셨어요."

"……."

"소저께서 다른 의원들은 거부하시니까 소문주께서 바쁘신데도 불구하고 꾸준히 오셔서 치료하셨어요."

화운룡이 이틀 내내, 그것도 하루에 두 번씩 그녀를 치료했다는 사실은 상상조차 하지 못했기에 그녀는 철퇴로 머리를 호되게 맞은 것 같은 충격을 받았다.

"이틀 동안 그가 내 혼혈을 제압했나요?"

당연히 그랬을 것이라고 짐작했다. 그렇지 않고서야 이틀내내 잤을 리가 없다.

"제가 알기로는 소문주께서 첫날만 소저의 혼혈을 제압했을 거예요."

"그런데 어떻게……."

의녀는 배시시 미소 지었다.

"몹시 피곤하셨나 봐요. 코를 골면서 주무셨거든요."

"코를……."

코를 골았다면 혼혈을 제압한 게 아니다.

그때 열린 문으로 화운룡이 들어서는 것을 발견하고 당한지는 움찔 놀랐다.

"소문주님."

의녀의 인사를 받으면서 화운룡은 침상으로 다가와 깨어 있는 당한지를 굽어보았다.

"좀 어떻소?"

운영각에서 서로 적으로 싸울 때 화운룡과 당한지는 하대를 했었다.

그리고 이틀 전에 화운룡이 치료를 해주러 왔을 때 그녀는 자신의 몸에 손을 대기만 하면 찢어 죽이겠다고 서슬이 퍼래서 악을 썼었다.

그녀는 내답하지 않고 눈을 들어 화운룡을 쳐다보다가 시선이 마주치자 피하지 않고 날카롭게 쏘아보았다.

화운룡은 빙그레 엷은 미소를 지었다.

"눈빛을 보니까 다 나은 것 같군."

그 말에 의녀와 소랑이 '킥!' 하고 웃었다.

당한지는 얼굴이 확 뜨거워졌지만 내색하지 않으려고 애쓰면서 눈빛을 더욱 독하게 했다.

화운룡이 이불을 걷었다.

"좀 봅시다."

"아……"

당한지는 흠칫했으나 별다른 저항은 하지 않았다. 지난 이틀 동안 화운룡이 매일 두 차례씩 치료를 했다는데 이제 와서 몸을 가리거나 발악을 하는 것이 외려 어색한 일이다.

하지만 첫날이나 지금이나 그가 자신의 나신을 본다는 사실에 몸이 오그라드는 것은 똑같았다.

"제가 하겠습니다."

의녀가 재빨리 나서서 당한지의 가슴과 허벅지의 흰 천을 조심스럽게 풀었다.

화운룡은 상체를 숙이고 그녀의 오른쪽 유방의 상처를 자세히 살펴보았다.

그가 상체를 숙인 탓에 당한지의 얼굴과 그의 얼굴이 한 뼘 거리로 가까워졌으며 서로의 숨소리까지 들렸다.

그녀는 화운룡의 옆얼굴을 빤히 주시했다.

처음에는 몰랐었는데 이제 보니까 당한지는 화운룡처럼 잘생긴 남자를 지금까지 한 번도 본 적이 없었다.

그는 마치 조각을 한 것처럼 준미했으며 또한 몸에서는 뭔지 모를 좋은 향기가 은은하게 풍겼다.

슥…….

그가 손을 뻗어 상처의 딱지를 조심스럽게 떼어냈다. 약을 바르기 위해서다.

"아…….."

당한지는 가볍게 신음 소리를 냈다.

"추명고(癒命膏)를 가져와라."

"네."

의녀가 부리나케 방을 나가자 소랑이 조심스럽게 물었다.

"오늘은 추명고인가요?"

"그래. 이제는 새 살이 돋아야 할 시기다."

소랑은 고개를 끄떡였다.

"처음에는 절명고(絶命膏)를 바르고, 그다음에는 금창분(金瘡粉)을 뿌리고, 그리고 이제는 추명고를 바르는군요. 앞으로 또 남았나요?"

화운룡은 약재에 관심을 갖는 소랑이 기특했다.

"마지막에 윤신액(潤新液)을 상처에 적셔서 흉터가 최대한 남지 않도록 한다."

"아… 그렇군요."

당한지는 두 사람의 대화를 들었지만 금창분을 제외하곤 전부 모르는 약 이름이다.

지금 말하는 약들은 모두 화운룡이 직접 만들었으며 천하 어디에도 없다는 사실을 당한지는 모르고 있었다.

화운룡은 허리를 펴고 이번에는 당한지 허벅지 쪽으로 상체를 굽혀서 상처를 살폈다.

워낙 허벅지 깊은 곳에 상처가 있어서 소랑이 다리를 벌리는 것으로는 부족하여 위로 들어 올려야 했다.

'정말……'

당한지는 수치스러움에 눈을 꼭 감고 이불을 끌어다 은밀한 부위를 가렸다.

"그러면 상처가 보이지 않아요."

그녀가 일껏 가린 이불을 소랑이 치웠다.

이번에도 화운룡이 상처의 딱지를 조심스럽게 떼어냈다.

"음……."

당한지가 신음 소리를 내든 말든 개의치 않고 화운룡은 허리를 펴면서 말했다.

"여긴 상처가 덜 아물었으니 금창분이다."

"왜 덜 아무는 거죠?"

소랑은 아무래도 의술을 배울 모양이다.

"가슴하고는 달리 이곳 환부(患部)는 깊은 곳이어서 늘 축축하게 습기에 젖어 있다. 원래 상처하고 습기는 상극이라서 회복이 더딘 거란다."

"아… 그럼 어떻게 하면 되나요?"

화운룡은 슬쩍 당한지를 보면서 대답했다.

"습기가 차지 않도록 건조함을 유지해야지."

"그렇다면 이불을 덮지 않고 다리를 벌리고 있어야겠군요."

당한지는 입술을 잘근잘근 깨물었다.

"그만하세요."

그녀의 수치심은 극에 달했다.

그때 의녀가 약을 가져오자 화운룡은 뒤로 물러섰다.

"네가 발라라."

의녀는 깜짝 놀랐다.

"제가… 말인가요?"

"그래. 아래 허벅지와 엉덩이에 금창분을 적당하게 뿌리고 천을 감아야 한다."

화운룡은 자기 할 일은 끝났다는 듯 별다른 말 없이 문으로 걸어갔다.

당한지가 급히 물었다.

"이제 나는 어떻게 되는 거죠?"

화운룡은 나가려다가 돌아섰다.

"어서 회복하시오."

"회복한 다음에 어떻게 할 거죠? 죽일 거라면 이런 치료 같은 거 하지 않아도 되잖아요?"

"누가 죽인다고 그랬소?"

"그럼 날 볼모로 삼아 본 문하고 협상을 할 건가요?"

화운룡은 담담히 미소 지었다.

"그럴 생각 없소. 상처가 다 나으면 그대와 당검비, 강우조 셋 다 태사해문으로 보내주겠소."

"……."

당한지는 믿을 수 없다는 표정을 지었다.

비룡은월문을 접수하지 못하면 전멸시키겠다고 일류고수 오십 명을 이끌고 온 그녀들인데 다친 몸을 치료해 주고 나서 고스란히 돌려보내겠다니 세상천지에 그런 멍청이는 없다.

눈앞의 이 멀쩡하게 잘생긴 화운룡이 그런 멍청이일 거라는 생각은 들지 않았다.

잠시 침묵이 흐르다가 당한지가 가라앉은 목소리로 말했다.

"무얼 원하는 거죠?"

"태사해문이 우릴 내버려 두기를 원하오."

"그것뿐인가요?"

"이날까지 살아오면서 본 문은 태극신궁이나 사해검문에 터럭만큼도 피해를 준 적이 없는데 태사해문은 어째서 우릴 괴롭히는 것이오?"

화운룡의 말에 당한지는 입이 열 개라도 할 말이 없다.

세상일은 거의 대부분 복잡한 은원 관계에 얽혀 있다.

하지만 태사해문과 비룡은월문은 서로 간에 터럭만 한 은혜도 없으며 원한은 더더욱 맺은 적이 없었다.

그런데 순전히 태사해문이 비룡은월문의 막대한 자금을 탐내서 지금의 이 일이 시작된 것이다.

말하자면 비룡은월문은 아무 잘못도 하지 않았는데 태사해문의 탐욕이 무고한 그들을 괴롭히고 있는 것이다.

다치기 전에 당한지는 운영각에서 화운룡에게 강함이 곧 법이며 그래서 약육강식은 당연한 것이라고 역설했다.

그때는 자신들이 강이고 비룡은월문이 약이라고 생각했기 때문이었다.

그런데 막상 뚜껑을 열어보니까 당한지 등이 약이고 비룡은월문이 강이었다.

강과 약의 입장이 바뀌었지만 화운룡은 당한지처럼 강이 법이고 약육강식이 어떻고 하는 헛소리는 지껄이지 않았다. 그래서 그게 당한지를 더욱 참담하게 만들었다.

화운룡의 목소리는 조용했다.

"무림에서 횡행하는 법대로 하자면 낭자와 당검비, 강우조의 머리를 잘라서 수급을 태사해문으로 보내 엄중히 경고를 해야 마땅하오."

그의 말이 사실이고 당한지도 자신들이 그렇게 되리라고 예상했으므로 아무 말도 하지 않았다.

"하지만 나는 좋은 선례를 남겨서 태사해문도 그래주기를 바라고 있소."

당한지는 입술을 깨물다가 말했다.

"오라버니는 어찌 됐죠?"

"그는 그대와 비슷한 회복세를 보이고 있소. 그리고 강우조는 상처가 심하여……."

"됐어요."

당한지는 정혼자인 강우조에 대해서는 알고 싶지 않다는
표정을 지었다.

화운룡은 잠시 그녀를 바라보다가 방을 나갔다.

의녀가 상처에 흰 천을 감는 동안 당한지는 골똘하게 깊은
생각에 잠겼다.

第七章
회천탄

숙빈과 조연무는 팔룡위에서 탈퇴하지 않았다.

오히려 숙빈은 다른 사람들보다 더욱 기를 쓰고 무공 연마에 매두몰신하는 것으로 자신들의 아픔을 덮으려 했으며 조연무는 묵묵히 여동생의 뜻을 따랐다.

화운룡은 바쁜 나날을 보내면서도 하루에 세 시진 이상 팔룡위와 창천, 보진의 무공 연마를 일일이 세세하게 지도하는 데 할애했다.

그 덕분에 자신들끼리 '팔룡이위(八龍二衛)'라고 부르는 이들 열 명의 무공 실력은 하루가 다르게 일취월장했다.

무공이 증진하고 있는 것이 눈에 선하게 보이자 팔룡이위는 자신들끼리 경쟁심이 생겨 온몸에서 독기가 뿜어질 정도로 몸을 돌보지 않고 무공 연마에 심취했다.

마침내 비룡은월문의 새 보금자리가 완성됐다.

원래대로라면 일 년 이상 걸려야 하는 공사에 막대한 자금력을 동원하여 반년 만에 완성시켰다.

새로운 비룡은월문은 태주현에서 북쪽으로 오 리 거리인 동태하 강 한복판에 있다.

동태하는 서쪽 소백호라는 거대한 호수에서 시작하여 동쪽으로 삼백여 리를 흘러 동해로 유입되는 강소성 남쪽 지역 수로의 요충지다.

동태하는 원래 강이었으나 운하로 개발이 됐기 때문에 수심이 깊고 강폭이 넓어서 많은 배가 이용하고 있다.

또한 여러 강들과 거미줄처럼 얼기설기 얽혀 있는 덕분에 동태하를 통해서 가지 못할 곳이 없다.

수백 척의 배가 정박해 있는 해릉 포구의 동태하 강폭은 무려 칠백여 장에 이른다.

원래 평균 강폭은 백여 장인데 이곳만 일곱 배나 더 넓은 이유는 강 한복판에 백응도(白鷹島)라는 제법 큰 섬이 있어서 강이 두 줄기로 갈라지기 때문이다.

새 비룡은월문은 바로 이 백응도에 지어졌다. 그 섬의 남쪽과 북쪽에는 작은 어촌이 있었는데 그들 모두에게 충분한 돈을 주어 다른 곳으로 이주시켰다.

섬 중앙에는 오십여 장 높이의 바위산이 있으며 전체가 눈을 뒤집어쓴 것처럼 희고 정상 부분이 매처럼 생겨서 흰 매, 즉 백응도라는 이름이 지어졌다.

섬의 남북 길이는 오백여 장 동서는 삼 리, 둘레는 십오 리에 달하는 길쭉한 타원형이다.

구우우…….

이삿짐을 가득 실은 여러 척의 거대한 상선들이 육중하게 백응 포구로 들어서고 있다.

비룡은월문의 입구이며 해릉 포구와 마주 보고 있는 이곳 백응 포구는 새로 잘 정비되어 양쪽으로 한꺼번에 백여 척의 거선들이 정박할 수 있는 거대한 규모다.

지금 백응 포구로 들어서고 있는 선두의 상선은 돛을 이미 다 내린 상태이며 노를 젓지 않음에도 미끄러지듯이 천천히 앞으로 전진하고 있다.

상선의 선수(船首)에 굵은 밧줄이 앞으로 팽팽하게 뻗어 있으며, 앞쪽에서 거대한 기관 장치가 밧줄을 끌어서 상선을 당기고 있는 것이다.

양쪽에 해룡상단의 크고 작은 수백 척의 배가 정박해 있는 백웅 포구에서 오십여 장쯤 안쪽으로 더 진입하면 거대한 성문 앞에 좌우로 길게 펼쳐진 해자(垓字)가 나타난다.

해자는 폭이 십여 장에 달하고 양쪽으로 길게 뻗은 성벽 아래에 이어져 있다.

무림에서 경공술로 단번에 십여 장을 도약하는 인물은 극소수에 불과하며, 설혹 경공술로 해자를 뛰어넘었다고 해도 그 너머에 높이가 팔 장에 이르는 높은 성벽이 있으므로 해자 이쪽에서 성벽 위까지 단번에 날아오르는 것은 사실상 불가능하다고 봐야 한다.

비룡은월문은 아예 하나의 성(城)을 방불케 하는 어마어마한 규모를 자랑했다.

성문 양쪽에는 해자를 건널 수 있는 다리가 설치되어 있으며 유사시에 성문 쪽에서 다리를 거둬 올리고 성문을 닫아버리면 난공불락의 요새로 변해 버린다.

구우우…….

비룡은월문의 이삿짐을 실은 수십 척의 상선 중에 한 척인 이 상선은 양쪽으로 활짝 열린 성문을 통과하여 안쪽으로 깊숙이 진입했다.

이 물길은 성의 정중앙을 직선으로 가로질러 뒷문에 해당하는 북쪽 성문으로 곧게 이어졌다.

북쪽 성문, 즉 북문을 통해서 건너편 강으로 나갈 수 있으며 강 건너에는 분천(焚川)포구가 있다.

물론 북문에도 남문과 같은 장치가 되어 있으나 규모는 이곳에 비해 절반 정도로 작다.

성 한복판을 가로지르는 물길에는 여러 개의 다리가 놓여 있으며 큰 배가 지나갈 때는 다리의 절반을 분리하여 양쪽으로 접어서 배가 지나가도록 만들었으며 중간급이나 작은 배들은 다리 아래로 통과할 수가 있다.

화운룡은 상선의 뱃전에 서서 이제부터 살게 될 비룡은월문을 천천히 둘러보았다.

공사가 완전히 끝나지 않아서 아직도 여기저기에서 뚝딱거리는 소리가 나고 있는데, 장하문 말로는 구 할 정도의 공사가 끝났으며 마무리만 남은 상황이라서 생활하는 데는 아무런 지장이 없다고 했다.

"아아! 용공, 정말 굉장해요."

선실 이 층의 열린 창으로 옥봉이 밖을 내다보면서 찬탄을 터뜨렸다.

옥봉 옆에는 사유란이 밖을 내다보고 있으며 창백한 얼굴에는 두려운 표정이 가득했다.

그동안 친숙했던 운룡재 화운룡의 침실을 떠나 새로운 곳으로 이사하는 것이 사유란에겐 그저 두려울 따름이다.

사유란하고는 달리 옥봉은 두리번거리면서 구경하느라 목
이 빠질 지경이다.

"웅장하면서도 매우 아름다워서 정신이 없어요. 지금 이 배
가 지나가고 있는 중앙의 물길에서 수십 갈래의 지류들이 성
안 여러 곳으로 이어져 있는 것 같군요."

총명한 옥봉은 동태하 강물을 끌어들인 중앙의 물길 곳곳
에서 여러 지류로 나누어 성안을 이리저리 휘돌아 구석구석
까지 실핏줄처럼 연결한 것을 한눈에 간파했다.

복판의 물길에서 갈라진 지류로는 지금 화운룡이 타고 있
는 큰 상선은 가지 못하지만 중간급 배들은 얼마든지 다닐 수
있으며, 곳곳에 인공 호수가 있고 그곳에 작은 포구들이 있으
므로 사람들이 왕래하거나 짐을 실어 나르는 일이 한결 편해
질 터이다.

사실 이곳 비룡은월문은 화운룡이 십절무황이었을 때 살
았던 무황성의 축소판으로 지어졌다.

화운룡이 무황성의 십분지 일로 건축하라고 장하문에게 자
세한 설계도를 그려주었다.

무황성은 천하 최고의 기관지학과 건축술이 총망라되었으
며 이곳 비룡은월문은 규모가 십분지 일에 불과하지만 무황
성을 고스란히 모방했다.

화운룡의 거처는 동쪽 끝에 위치해 있으며 이곳에서는 운룡재 대신 '용황락'이라고 이름을 지었다.

옛집 운룡재하고 다른 점은 이름만이 아니다. 이곳 용황락은 북판의 아름다운 인공 연못을 중심으로 둘레에 아름다운 정원과 인공 가산에 여기저기 띄엄띄엄 전각이 여덟 채나 지어졌다는 사실이다.

연못 한가운데에는 오 층의 누각이 있으며 그곳은 연회나 회의를 하기에 적당하다.

"아… 여긴 용황락이 아닌가요?"

지류를 따라서 용황락으로 들어서는 한 척의 아담한 배에서 옥봉이 크게 놀라며 탄성을 터뜨렸다.

그녀는 자신이 네 살 무렵부터 기억하고 있는 꿈속에서 화운룡과 오십여 년 동안 해로했던 무릉도원 용황락의 전경과 이곳이 똑같이 닮았다는 사실을 알아보았다.

입구에서 움직일 줄 모르고 여기저기를 둘러보는 옥봉의 두 눈에 눈물이 가득 차올랐다.

"어쩜… 꿈을 꾸는 것만 같아요."

갑판에서 사유란을 업고 있는 화운룡은 빙그레 미소 지었다.

"봉애는 한눈에 알아보는군."

"그럼요. 제가 오십 년이나 살았던 곳인데 어떻게 모를 수가 있겠어요?"

화운룡에게 업혀 있는 사유란이 힘없는 얼굴로 말했다.

"봉아, 이곳이 네가 꿈속에서 용청과 살았던 그곳이니?"

"이곳이 용황락은 아니지만 용공이 소녀를 위해서 이곳을 용황락과 똑같이 꾸며주셨어요."

"고마워, 용청."

식사를 거의 하지 않는 사유란은 이제는 자신의 두 발로 서 있지도 못한다.

그녀는 불치병에 걸린 것 같았다. 그 병을 치유하려면 남편 주천곤을 찾아서 그녀 앞에 데려오는 방법뿐이었다.

그녀는 나무에 붙은 매미처럼 화운룡에게 찰싹 달라붙어 있는데 그녀는 이렇게 있을 때만 두려움을 잊고 최고의 안도를 느꼈다.

새로운 비룡은월문으로의 이사는 거의 하루 종일 걸렸다.

비룡은월문 한복판을 가로지르는 비룡하(飛龍河)라고 명명한 물길의 서쪽이 해룡상단이고 동쪽이 비룡은월문이다.

이사를 오기 전에는 육백여 명이 비좁은 전각이나 연공실 등에서 바글거리면서 살았는데 이곳 비룡은월문은 전각이 오십여 채나 있어서 모든 면에서 넉넉했다.

비룡은월문의 다섯 등급 오검대(五劍隊)는 각기 자신들의 새 보금자리에 둥지를 틀었다.

비룡검대부터 은월검대까지 오검대 각각의 보금자리는 하나의 인공 연못과 연못 가운데의 누각, 숙소인 세 채의 전각, 연무장과 실내 연공실, 주방과 식당 등이 주어졌다.

비룡은월문 사람들은 고된 이사를 마쳤는데도 휴식을 취하는 것이 아니라 모두들 새로운 연공실이나 연무장으로 몰려가서 무공 연마를 시작했다.

비룡은월문 문하 제자들이 밥 먹는 것이나 잠자는 것보다 무공 연마에 몰두하는 것에는 두 가지 이유가 있다.

하나는 장하문이 일 등급 비룡검대부터 오 등급 은월검대까지 신분과 대우의 엄격한 차등을 두었기 때문이다.

각 검대에는 세 개의 계급이 있다. 예를 들어 비룡검대에는 무공 실력에 따라서 일 검사부터 삼 검사까지 있는데 일 검사는 분대주(分隊主)이며 녹봉은 은자 삼백 냥, 이 검사는 차대주(次隊主)로 녹봉 은자 이백오십 냥, 삼 검사는 일반 비룡검사이며 녹봉 은자 이백 냥이다.

이런 식으로 오 등급 은월검대까지 각 검대에 세 개의 엄격한 계급과 녹봉의 차이가 있으므로 기를 쓰고 위의 신분으로 상승하려고 무공 연마에 매진하는 것이다.

두 번째 이유는 자신들이 배우고 있는 각각의 무공이 너무도 재미있고 매력적이어서 헤어 나오지 못하고 심취해 있기 때문이다.

그들에게 무공 연마를 하지 말라고 만류한다면 살인이 일어날 정도로 심각하게 무공 연마에 빠져 있는 것이다.

비룡은월문 전체 문하 제자들에게 일일이 물어보지는 않았지만 만약 '녹봉을 한 푼 주지 않아도 무공 연마를 계속할 것이냐?'라고 묻는다면 모르긴 해도 절반 이상이 그러겠다고 대답할 것이다.

그 정도로 화운룡이 창안한 비룡육절은 대단했다.

넓은 실내 연무장에는 무기가 바람을 가르는 파공성과 거친 숨소리, 그리고 기합 소리가 가득했다.

실내 연무장은 수레 백여 대가 한꺼번에 들어갈 만큼 크며 사방에 커다란 창이 있어서 통풍이 잘돼 한여름인 지금도 그리 덥지 않았다.

실내 연무장과 연결된 옆 전각에는 삼십 개의 실내 연공실이 있어서 개인적으로 무공 연마나 운공조식, 연공을 할 때는 그곳을 이용한다.

지금은 팔룡이위에 장하문까지 열한 명이 벌써 두 시진째 쉬지 않고 각자의 무공에 전념하고 있다.

"그만!"

무공 연마를 총지도하고 있는 화운룡이 짧게 외치자 모두 약속한 듯 동작을 뚝 멈추었다.

"이제는 회천탄이다."

화운룡의 말에 모두들 무기를 놓고 각자의 활과 화살, 즉 회천궁(回天弓)과 무령강전을 가지고 화운룡 좌우에 일렬로 일 게 늘어섰다.

하루 무공 연마의 마지막 단계는 언제나 팔룡이위 모두가 공통적으로 익히는 회천탄이다.

모두들 거친 숨을 헐떡이면서 화운룡의 명령을 기다렸다.

바닥에는 그들이 흘린 땀이 흥건했다.

화운룡은 좌우와 전면을 가리키면서 말했다.

"어제 말한 것처럼 오늘은 반곡사탄궁(半曲射彈弓)을 수련할 것이다."

말 그대로 화살을 발사하여 반원을 그리며 날아가서 표적 에 적중시키는 회천탄의 일초식이다.

모두들 헐떡거리면서도 복판에 자신들과 마주 서서 설명하 는 화운룡의 말을 한마디도 놓치지 않으려고 정신을 바짝 차 리고 귀 기울였다.

"최고의 스승은 훈련이다. 시작하라."

팔룡위 대주인 벽상이 제일 먼저 사대(射臺)에 섰다.

직선으로 발사하는 회천탄 훈련은 어제로써 모두 끝났다.

일반 화살보다 세 배 빠르고, 십오 장 거리의 콩알 크기 표적을 정확하게 명중시키며, 세 치 두께의 쇠를 통째로 관통하는 훈련이었다.

긴장된 표정으로 회천궁에 한 발의 무령강전을 걸고 있는 벽상의 전방 십오 장 거리에 표적이 있다.

그런데 그 표적의 면(面)은 벽상을 향해 있지 않고 오른쪽을 향하고 있다.

즉, 그 표적을 맞히려면 지금 벽상이 서 있는 위치가 아니라 사선 오른쪽으로 걸어가서 표적의 면을 정면으로 보면서 화살을 쏴야 한다.

하지만 반곡사탄궁은 지금 벽상이 서 있는 위치에서 화살을 발사하여 면이 오른쪽을 향하고 있는 표적에 명중시켜야 하는 궁술이다.

그러자면 화살이 오른쪽으로 반원을 그리며 날아가서 표적에 맞아야만 한다.

끼이이…….

벽상은 새로운 비룡은월문에 이사 오기 며칠 전에 지급받은 회천궁에 무령강전을 걸어 천천히 시위를 당겼다.

그런데 정면이 아닌 오른쪽을 향해서 겨누었다. 완전한 오른쪽이 아니라 그녀와 표적의 중간에 가로로 선을 그었을 때 오른쪽 끝에 해당하는 곳을 향해서다.

그녀가 겨냥하고 있는 곳 벽에는 하나의 사과 크기 원형이 두 뼘 길이로 돌출되어 있다.

말하자면 벽상은 화살을 발사하여 오른쪽 벽의 사과 크기 원형의 안을 통과시켰다가 표적에 맞혀야 하는 것이다.

벽상은 머릿속으로 회천탄 반곡사탄궁의 구결을 외우고 구결에 따라서 왼팔과 오른팔에 공력을 주입시키고는 시위를 끝까지 잡아당겼다.

후우…….

한순간 무령강전이 시위를 떠나며 묵직한 바람 소리 같은 파공음이 잔잔하게 흘렀다.

땅!

그와 동시에 단단한 음향이 실내를 울렸다.

모두의 시선이 오른쪽 벽면에 돌출된 원형으로 집중됐다.

무령강전은 원형 안을 통과하지 못하고 그 옆 벽에 꽂혀서 부르르 강하게 진동하고 있다.

무령강전은 벽에 똑바로 꽂힌 것이 아니라 비껴 꽂혔다.

벽상과 오른쪽 벽 중간쯤 위치에서 발사한 것처럼 벽에 비스듬히 꽂혀 있다.

그렇다면 그것은 무령강전이 왼쪽으로 곡선을 그리다가 벽에 꽂혔다는 뜻이다.

벽상의 얼굴에 아쉬움이 떠올랐다.

옆으로 비켜 서 있던 화운룡이 지적했다.

"왼손에 공력이 오 푼 더 주입됐고 무령강전에 좌측 와곡기(渦曲氣)가 이 푼 부족했다."

벽상은 자신이 방금 발사했던 것을 곰곰이 생각하다가 낮게 탄성을 터뜨렸다.

"아……."

분석해 보니까 화운룡의 지적이 정확했다. 발사한 당사자인 벽상 자신도 모르는 것을 단지 지켜보기만 한 화운룡이 정확하게 짚어낸 것이다.

"중요한 것은 구결에 따른 정확한 공력의 분배다. 다음."

두 번째로 백진정이 나섰다.

*   *   *

팔룡이위 열 명의 회천탄 반곡사탄궁 발사가 끝났다.

화운룡이 예상한 결과지만 열 명 중에 표적을 맞힌 사람은 한 명도 없다.

무령강전을 발사하여 오른쪽에서 왼쪽으로 완전한 반원을 그리게 발사한 사람이 한 명도 없었다는 뜻이다.

팔룡이위는 표적을 맞히지 못할 것이라고는 예상했지만 오른쪽 벽면에 돌출된 원형을 통과시킨 사람이 한 명도 없다는 사실에 모두 기운이 빠진 표정들이다. 이 지경으로 지리멸렬할 줄은 정말 몰랐다.

그러나 한 명, 도도가 발사한 무령강전이 원형 안에 절반쯤 진입했다가 덜그럭거린 후에 튕겨 나와서 바닥에 떨어진 것이 유일한 위안이었다.

원형 안에 절반이나마 진입한 사람은 도도가 유일했다.

반곡사탄궁이 반의반은 성공했다는 뜻이다.

성공의 이유는 하나, 팔룡이위 열 명 중에 도도가 마지막으로 발사했기 때문이다.

화운룡은 제일 먼저 발사한 벽상부터 아홉 번째 발사한 조연무까지 매번 한 명의 발사가 끝나고 나면 그들 각자가 무엇이 문제였기에 실패했는지에 대해서 정확하게 짚어서 설명을 해주었다.

그랬기 때문에 제일 처음 발사한 벽상보다 그다음 사람이 발사한 화살의 궤석이 조금이라도 좋아질 수밖에 없었으며 그다음은 점점 더 좋아졌다.

만약 벽상이 아홉 명의 설명을 다 듣고 나서 발사했다면 원형을 통과시켰을지도 모른다.

척!

마지막으로 사대에 장하문이 섰다.

장하문은 활시위에 화살을 걸지도 않고 화운룡에게 공손하게 말했다.

"주군, 제가 쏜 무령강전은 저 원형 안을 간신히 통과만 하고 나서 바닥에 떨어질 것 같습니다. 그럴 경우에는 이유가 무엇입니까?"

장하문은 아직 일어나지도 않은 일을 일어난 것처럼 가정해서 말하고 그 문제점에 대한 답을 요구했다. 해법을 미리 듣고 나서 발사하겠다는 영특한 생각이다.

화운룡은 막힘없이 설명했다.

"무령강전에 실린 공력을 끈처럼 늘어뜨려서 방향과 힘의 고저(高低)를 조종하게."

"아!"

"그런 방법이……."

장하문은 물론 팔룡이위 모두 큰 깨달음에 나직한 탄성을 터뜨렸다.

지금까지 팔룡이위는 자신들이 발사한 무령강전이 시위를 떠나면 그로써 끝이므로 무령강전이 잘못된 방향으로 날아가더라도 더 이상 어떻게 해볼 도리가 없다고 생각했다.

그런데 방금 화운룡의 말대로 한다면 잘못되는 무령강전을 충분히 수정할 수 있게 된다.

아니, 처음부터 공력의 끈으로 조종을 하기 때문에 잘못 날아가는 일이 없을 것이다.

장하문은 화운룡에게 고개를 숙였다.

"감사합니다, 주군."

이윽고 그가 시위에 무령강전을 걸고 원형을 겨냥하자 모두들 긴장한 표정으로 눈도 깜빡이지 않고 주시했다.

슥―

그런데 그는 원형을 겨냥했던 화살을 오른쪽으로 천천히 이동시켰다.

그걸 보고 화운룡은 '역시' 하는 표정으로 빙그레 미소를 지었고 팔룡이위는 '왜 저러지?' 하는 표정을 지었다.

느릿하게 오른쪽으로 움직이던 장하문의 화살이 뚝 한 곳에서 멈췄다.

원형이 있는 방향과 정우측(正右側), 즉 완전한 오른쪽의 중간쯤이다.

지금까지 팔룡이위 열 명은 오른쪽 벽에 돌출된 원형을 겨냥했는데 장하문은 조금 더 오른쪽을 겨냥했다.

후웅…….

순간 장하문이 팽팽하게 당겼던 시위를 놓자 무령강전이 십오 장 거리의 오른쪽 벽을 향해 쏘아 갔다.

씨우웅!

벽을 향해 사선으로 잔광석화처럼 날아가던 무령강전이 벽을 오 장쯤 남겨둔 지점에서 좌측으로 급선회했다.

우웃!

그리고 다음 순간 원형을 통과하여 오른쪽 벽을 따라 맹렬하게 쏘아 갔다.

모두들 긴장하여 눈을 부릅뜨고 무령강전을 주시했다.

오른쪽 벽을 따라 나란히 평행으로 날아가던 무령강전이 좌측으로 휘어지기 시작했다. 좌측으로 휘어져 똑바로 날아가기만 하면 표적에 꽂힌다.

카칵!

그러나 무령강전은 휘어지다가 말고 벽에 꽂혔다.

"아아……."

모두의 입에서 탄성과 탄식이 흘러나왔다.

저 정도로 성공했다는 안도의 탄성과 조금만 더 휘었으면 표적을 맞혔을 것이라는 아쉬움의 탄식이다.

무령강전은 표적이 향하고 있는 방향, 즉 오른쪽에서 발사해서 조금 빗나간 것처럼 벽에 꽂혔다.

만약 조금만 더 휘어졌다면 정중앙은 아니더라도 표적에 맞기는 했을 것이다.

장하문은 고개를 갸웃거렸다.

"왼손을 더 당겼어야 했습니까?"

"당기는 것이 아니라 조종이다."

"아……."

화운룡은 엷은 미소를 지었다.

"회천탄의 정점에는 공력의 끈이 있다. 그 끈은 무령강전에 연결되어 있지. 무령강전을 발사하고 나서도 끈을 놓치지 않고 잡고 있는 것이 중요하다. 그런 후에 끈을 조종하면 마음먹은 곳에 정확하게 명중시킬 수 있다."

"아아… 그렇군요."

장하문은 크게 깨달아서 표정이 환하게 밝아졌다.

그렇지만 팔룡이위의 표정은 그다지 밝지 않았다. 왜냐하면 화운룡의 설명은 충분히 이해했으나 그들은 공력을 끈처럼 조종할 만큼 공력이 높지 않기 때문이다.

화운룡은 잠시 무언가를 생각하다가 문으로 향했다.

"오늘은 이것으로 끝맺겠다. 하룡, 창천, 보진, 세 사람은 날 따라와라."

장하문과 창천, 보진은 화운룡을 따라가면서 그가 왜 불렀는지 의아한 표정을 지었다.

하지만 남아 있는 팔룡위 여덟 명은 화운룡에게 예를 취한 후에 다시 회천탄 연마를 계속했다.

연공실에서 화운룡은 세 사람과 마주 앉았다.

"너희 세 명의 내공 수준은 어느 정도냐?"

"저는 일 갑자입니다."

"저도 일 갑자입니다."

장하문과 창천이 차례로 대답하자 보진은 얼굴을 붉히면서 머뭇거렸다.

"저는 오십 년이 조금 넘습니다."

화운룡은 이들 세 명을 연공실로 데리고 올 때부터 줄곧 진지한 표정을 하고 있었다.

"너희 세 명이 본 문에서 제일 고강하다."

비룡은월문 육백여 명 중에서 이들 세 명만이 고수라는 말을 들을 자격이 있다.

숙빈의 부친 조무철이나 예전 진검문주 감형언은 사십 년 공력으로 무사로서는 최강이지만 고수로 분류하기에는 다소 무리가 있었다.

그렇지만 태사해문이나 통천방에는 이 정도 고수들이 모래알처럼 많다.

화운룡은 장하문과 창천에게 말했다.

"하룡과 창천 너희 둘의 생사현관(生死玄關)을 타통하는 것이 좋겠다."

소스라치게 놀란 세 사람은 앉아 있다가 벌떡 일어섰다.

"생사현관… 타통입니까?"

"그렇다."

무공을 연마하는 사람이 태어나면서부터 어른이 될 때까지 수십 년 동안 굳게 막혀 있던 임맥(任脈)과 독맥(督脈)의 혈도를 뚫는 것을 생사현관 타통 혹은 임독양맥 타통이라고 한다.

사람은 태어나서 성장하는 과정에 정수리의 백회혈(百會穴)을 중심으로 상하 두 개에서 세 개까지의 혈도가, 그리고 사타구니 회음혈(會陰穴)을 중심으로 상하 두 개에서 세 개의 혈도가 막히게 된다.

태어난 직후에는 임맥과 독맥이 서로 뚫려 있지만 살아가면서 세상의 온갖 잡스러운 것들과 불에 익힌 음식들을 섭취하고 접하기 때문에 점차 그 혈도들이 봉쇄되는 것이며 어느 누구도 이런 현상에서 예외가 없다.

그렇기 때문에 무공을 배워 운공조식을 하게 되면 기(氣)가 전신 사지백해 삼백육십다섯 개의 혈도, 수천 개의 손혈(孫穴)로 원활하게 주천(周天)을 하지 못하여 본신진기를 완벽하게 발휘하지 못한다.

임맥과 독맥의 회음혈과 백회혈이 막혀 있는 탓에 절반의 본신진기만 사용할 수밖에 없다.

그런데 막혀 있는 회음혈과 백회혈을 비롯한 혈도들을 인위

적으로 뚫어서 서로 소통하게 만들면 임맥의 기가 독맥으로, 독맥의 기가 임맥으로 자유롭게 강물처럼 왕래하여 완전한 본신진기를 발휘하게 된다.

그러므로 임독양맥 생사현관의 타통이야말로 무공을 연마하는 모든 무림인들이 꿈속에서조차 갈구하는 평생의 염원이 아닐 수 없다.

그런데 화운룡이 지금 장하문과 창천의 생사현관을 타통시켜 주겠다고 말한 것이다.

화운룡이 하는 말이라면 뭐든지 다 믿는 장하문이지만 지금 이 순간만큼은 믿어지지 않는 표정을 지었다. 그만큼 임독양맥 생사현관의 타통은 엄청난 축복인 동시에 아무나 할 수 없는 일인 것이다.

"주군, 정말입니까?"

"그래, 할 수 있을 것 같다."

원래 듬직한 성격의 창천은 말은 하지 않지만 얼굴 가득 기쁜 표정이 가득 떠올랐다.

무림인이 생사현관을 타통시키면 공력이 절반 이상 급증한다는 사실은 누구나 다 알고 있다.

그뿐만이 아니다. 매일 밥 먹듯이 하는 운공조식으로 공력이 증진되는 속도가 생사현관이 타통되기 전보다 두 배에서 세 배까지 빨라지기 때문에 공력의 증진이 한층 쉬워진다.

그리고 공력이 쉽게 고갈되지 않으며 아울러 고갈된 공력이 다시 회복되는 속도가 매우 빨라진다.

그런 것 말고도 생사현관이 타통됨으로써 얻어지는 효과는 부지기수다.

보진은 처음에는 몹시 놀랐으나 생사현관 타통에서 자신만 제외된다는 사실에 금세 풀이 죽었다.

그녀가 옥봉의 호위였다가 지금은 화운룡의 측근이 되었지만 근본은 무림인이다.

그러므로 삼생(三生)을 산다고 해도 이루기 어렵다는 생사현관 타통을 눈앞에서 놓쳐야 하는 쓰라림이야 이루 말할 수 없을 정도인 것이다.

그런 그녀의 심정 같은 것은 모르고 화운룡은 장하문과 창천을 각각 자신들의 개인 연공실로 들어가게 했다.

"들어가서 계속 운공조식을 하고 있어라. 각자 운공을 삼주천(三周天)한 후에 시작하겠다."

"넵!"

장하문과 창천은 꿈을 꾸는 듯한 표정으로 힘차게 대답하고는 즉시 각자의 연공실로 달려 들어갔다.

화운룡은 운공조식을 하기 위해 자신의 연공실로 가면서 아무렇지도 않게 보진에게 손짓을 했다.

"너는 가도 좋다."

상대, 특히 여자의 마음을 읽고 배려하는 자세가 부족하기는 십절무황 때나 지금이나 똑같은 화운룡이다.

남자들, 특히 자신의 수하들에게는 배려심이 필요 이상으로 남다른 그이지만 같은 수하라고 해도 여자들에겐 항상 그런 마음이 부족했다.

아마도 상대가 여자라서 자신도 모르게 거리를 두기 때문일 것이고 여자들의 복잡하고 미묘한 심리를 이해하지 못하기 때문일 것이다.

"주군."

그가 자신의 개인 연공실 문을 열려고 할 때 보진이 용기를 내서 작은 목소리로 그를 불렀다.

"뭐냐?"

보진은 그를 불러놓고서도 말을 하지 못하고 머뭇거렸다.

구파일방 중에 아미파 장로의 제자였다가 관직에 있는 부친의 권유로 정현왕 주천곤의 호위고수가 된 지 이 년째인 그녀는 올해 이십이 세의 젊은 나이다.

여덟 살 어린 나이에 출가하여 아미파 여승이 되었던 그녀는 이십 세에 파계하여 다시 속세로 돌아왔지만 성장기를 고스란히 아미파에서 보낸 탓에 뼛속까지 깊이 불가인(佛家人)으로 남아 있는 상태다.

"주군."

평소 숫기가 없을뿐더러 말수도 적고 맡은 바 임무만 묵묵히 하는 보진이지만, 지금은 그러고 있다가는 천재일우의 기회를 놓칠지도 모른다고 판단하여 이날까지 단 한 번도 해본 적이 없는 용기라는 것을 내보았다.

第八章
생사현관

화운룡이 바보 천치가 아닌 이상 보진이 왜 자신을 불렀는
지 짐작할 수 있다.

하지만 지금 그녀가 얼마나 절박한 심정일 것이라고는 추측
하지 못한다.

다만 인연이 닿지 않으면 그것이 무엇이더라도 즉시 포기한
다는 자신의 성격을 그녀에게 대입할 뿐이다.

"저는 안 됩니까?"

화운룡의 얼굴에 조금 망설이는 표정이 떠올랐다. 방법이
있기는 하지만 장하문이나 창천 같은 방법이 아닌 편법을 사

용해야 하기 때문이다.

그리고 그 방법의 성공을 장담할 수가 없으며, 그걸 하다가 두 사람이 크게 잘못될 수도 있다.

그러지 않았다면 생사현관 타통에서 보진을 제외하지는 않았을 것이다.

그를 뚫어지게 바라보던 보진은 그의 표정을 읽고는 일말의 희망이 있다는 사실을 깨닫는 순간 자신도 놀랄 만큼의 용기가 샘솟았다.

"주군, 저도 생사현관을 타통해 주십시오. 부탁… 아니, 간청드립니다."

그녀는 마주 선 상태에서 깊숙이 허리를 굽혔다.

"보진."

보진은 지푸라기라도 잡는 심정으로 매달렸다. 그녀는 고개를 들고 화운룡을 바라보았다.

"방법이 전혀 없다면 물러나겠습니다. 하지만 저에게도 생사현관을 타통할 기회가 있다면 그것이 어떤 방법이라고 해도 무조건 감수하겠습니다."

애절한 그녀의 두 눈에 언뜻 물기가 서린 것을 발견한 화운룡은 마음이 약해졌다.

이런 상황이 될 것이기 때문에 그는 여자를 대하거나 가까이하는 것을 원하지 않았다.

"물론 장 군사님이나 창천처럼 쉬운 방법이 아닐 테지요. 하지만 할 수 있는 방법이 있는데도 포기해야 한다는 것은 저로서는 너무 억울합니다."

"음."

"하나만 말씀해 주십시오. 제가 생사현관을 타통할 방법이 있습니까?"

화운룡은 고개를 끄떡였다.

"있다."

보진의 얼굴이 환하게 밝아졌다. 그 방법이 아무리 어렵고 힘들어도, 그래서 하다가 죽는 한이 있어도 결사적으로 하고 싶었다.

"그 방법은 매우 어려우며 하고 나서는 네가 날 원망하게 될 것이다."

화운룡은 내키지 않는 표정으로 말했다. 보진의 생사현관을 타통할 방법이 있기는 있다.

보진은 강하게 고개를 가로저었다.

"절대로 주군을 원망하지 않겠습니다. 그런 일이 있다면 제 스스로 목을 자르겠습니다."

그녀는 지금 이 순간이 자신의 평생에 단 한 번 있을까 말까 할 운명의 순간임을 깨달았다.

모든 것을 내던질 각오가 된 그녀는 그 자리에 무릎을 꿇고 이마를 바닥에 대며 애원했다.

"저에게 힘든 일이라면 죽는 한이 있어도 끝까지 견디겠습니다. 하지만 주군께서 힘든 일이라면 저를 위해서 한 번만 눈감아 주십시오."

화운룡이 아무런 말이 없자 보진은 마음이 급해져서 두 손으로 그의 발을 붙잡았다.

"주군… 이렇게 애원합니다. 제발……."

화운룡은 자신의 발등에 얼굴을 대고 있는 보진의 머리를 물끄러미 굽어보았다.

발등이 축축해졌다. 보진의 눈물이었다.

화운룡은 제일 먼저 장하문의 생사현관을 타통시켜 주었다.

장하문의 공력이 가장 높고 그다음이 창천, 보진 순서이기 때문이다.

다른 사람의 생사현관을 타통시켜 줄 수 있는 능력의 소유자는 무림을 통틀어서 열 손가락 안에 꼽을 것이다. 그만큼 어렵고 난해한 일이다.

타인의 생사현관을 타통시키는 수법은 크게 두 가지이며, 첫째가 수천 년 묵어서 영험한 효능을 지닌 전설의 영약이나 영물을 복용하고 그 힘을 빌리는 것이다.

이런 경우에 시술자는 단지 생사현관 타통을 돕는 방조자의 역할을 할 뿐이다.

두 번째는 어떤 외부의 도움 없이 순전히 시술자의 능력만으로 생사현관을 타통하는 것이며, 이 경우에는 성공 여부가 전적으로 시술자의 능력에 달려 있다.

지금 화운룡이 세 사람의 생사현관을 타통하려는 방법이 두 번째에 속한다.

털썩!

가부좌로 앉아 있던 화운룡은 장하문의 생사현관을 타통시키자마자 뒤로 벌렁 쓰러지듯이 누워 버렸다.

온몸의 기운이라는 기운은 최후의 한 움큼까지 모조리 소진해 버려서 말을 할 기력조차 남아 있지 않았다.

"후우우… 운공조식해라."

그는 자신 때문에 장하문이 동요할까 봐 긴 한숨을 토해내면서 말했다.

장하문은 가슴이 심하게 두근두근 요동쳤다. 자신이 장차 십절무황을 도와서 천하무림을 일통하는 군사가 될 것이라는 사실을 처음 알았을 때만큼 격동했다.

그는 자신의 생사현관 타통이 실패했을 것이라는 걱정은 하지 않았다.

무슨 일이든지 백무일실인 화운룡이 시전했기에 전적으로 믿기 때문이다.

자신의 생사현관을 타통시키느라 녹초가 된 화운룡이 걱정됐지만 지금은 무엇보다도 운공조식을 하여 뚫린 임독과 독맥에 최초로 공력을 통과시켜야만 한다.

생사현관을 타통시키는 과정에 장하문이 한 일은 화운룡이 시키는 대로 진기를 체내의 여러 혈맥으로 이리저리 보낸 것뿐이고 거의 모든 것을 화운룡이 했다.

한 시진이나 걸린 그 과정의 생사현관 타통 방법이 얼마나 난해하고 복잡했는지, 귀재 소리를 듣는 장하문이지만 그 방법을 지금 와서 외워보라고 하면 못한다고 고개를 내저을 수밖에 없다.

운공조식을 하고 있는 장하문은 꿈을 꾸고 있는 것처럼 너무나 행복해서 덩실덩실 춤이라고 추고 싶은 심정이다.

반 시진에 걸쳐서 연이어 다섯 번 운공조식을 해본 결과 내공이 무려 백 년 가까이 급증했다.

두어 번 운공조식을 하고는 지친 화운룡을 돌봐야겠다고 생각했었는데 스스로 측정해 본 결과 내공이 백 년이나 급증한 사실을 깨닫고는 도저히 그만둘 수가 없어서 연이어 다섯 번이나 운공조식을 한 것이다.

"하아……."

자신의 연공실 나무로 만든 좌대 위에 가부좌로 앉아 있는 장하문은 격동하는 가슴을 진정시키느라 몇 번이나 길게 심호흡을 했다.

백 년 내공이라니……. 아무리 생각을 거듭해 봐도 믿어지지 않고 꿈을 꾸는 것만 같다.

무림에서는 통상적으로 내공이 백 년을 넘어가면 절정고수 반열에 들어간다.

전 무림을 통틀어서 백 년 내공을 지닌 고수는 천여 명 남짓일 것이다.

누군가 발품 팔아가며 천하를 주유하면서 백 년 내공을 지닌 고수를 찾아다니며 일일이 확인하고 세어본 것은 아니지만 통계상으로 봤을 때 천여 명일 것이라는 추산이 무림에 알려져 있는 내용이다.

전체 무림인의 수를 오십만 명이라고 봤을 때 천여 명은 엄청나게 적은 수다.

무림인의 절대 다수가 소위 '무사'이며 십만 명 정도가 '고수'인 상황에서 장하문은 절정고수가 된 것이다.

"으음……."

장하문은 지나치게 감격한 나머지 저절로 눈물이 주르륵 흘러내렸다.

그는 화운룡의 공력이 기껏 십몇 년 남짓인 것으로 알고 있는데 자신의 공력을 증진시키려고 애쓰지 않고 외려 이렇게 수하들을 위해서 헌신하고 있으니 그저 감격할 따름이다.

도대체 십몇 년 남짓한 공력으로 다른 사람의 생사현관을 타통시켜 준다는 것이 가능한 일인가.

설혹 백번 양보해서 그게 가능하다고 쳐도 십몇 년 공력으로 그걸 해준 화운룡은 눈으로 보진 않았지만 분명히 갈가리 찢어지고 너덜너덜해졌을 것이다.

장하문은 주먹으로 눈물을 닦으며 뒤돌아보았지만 아까 뒤에 쓰러져 있던 화운룡의 모습은 보이지 않았다.

확!

'주군.'

그는 급히 밖으로 나가 창천의 개인 연공실로 달려갔다.

연공실 문은 굳게 닫혀 있었지만 안에서 화운룡의 거친 숨소리가 새어 나왔다.

"후우우… 후우……."

그러고는 헐떡거리면서 창천더러 공력을 어느 혈맥으로 보내서 어떻게 하라고 지시하고 있다.

거친 숨소리 때문에 목소리는 탁하지만 아까 장하문에게 불러준 구결과 한 치의 오차와 빈틈이 없는 구결이다.

장하문은 저러다가 화운룡이 잘못되지 않을까 걱정이

됐다.

'아… 주군……'

그는 누군가 심장을 주먹으로 힘껏 움켜쥔 것처럼 가슴이
콱 막혔다.

그는 조금 전까지 몰랐던 것을 이제야 깨달았다. 화운룡이
어째서 갑자기 장하문과 창천의 생사현관을 타통시켜 주려는
것인지를 말이다.

적이 지나치게 크고 강한 반면에 비룡은월문은 너무도 작
고 약하기 때문이다.

현재 태사해문의 수하는 무려 오천여 명이다. 또한 태사해
문 같은 대문파에는 무사보다 고수의 수가 많다.

무사들이 필요한 이유는 문파 내의 온갖 허드렛일을 도맡
아서 하기 위해서다.

문을 지킨다든지 경계나 호위를 서는 것, 문파 내부와 외부
의 잡다한 일들은 모두 무사들의 몫이다. 그들은 싸움이나 전
투를 하지 않는다.

장하문이 알고 있기로 태사해문의 고수 수는 삼천여 명에
달한다.

통천방은 아직 직접적으로 비룡은월문을 위협하고 있지는
않지만 언제라도 적으로 돌아서면 태사해문 같은 문파하고는
비교도 할 수 없을 정도로 거대한 위험 덩어리다.

그뿐 아니라 어떤 면에서는 태사해문이나 통천방보다 훨씬 더 위협이 될 수 있는 존재가 광덕왕이다.

만에 하나 광덕왕이 당금 황제를 암살하고 끝내 대명의 실권을 장악한다면 그다음에 일어날 일은 상상하는 것만으로도 끔찍했다.

그리고 화운룡이 한 번 살아본 미래에서는 광덕왕이 황제를 암살하고 다음 대 황제의 위에 올랐다.

주변의 상황이 이런 데 비해서 비룡은월문은 말할 수 없을 정도로 작고 초라하다.

비룡은월문 전체 육백여 명 중에서 고수라고 할 만한 사람은 고작 서너 명뿐이다.

숙빈의 아버지 조무철과 감형언을 억지로 고수에 갖다 붙인다고 해도 대여섯 명이다.

겨우 그 정도로는 머리가 어떻게 되지 않는 이상 절대로 태사해문이나 통천방을 상대하지 못한다.

하물며 광덕왕이 대명의 실권을 거머쥐면 비룡은월문은 스스로 해체하여 뿔뿔이 흩어지는 수밖에 없다. 지금 상황에 광덕왕하고 맞서면 파멸을 맞이할 뿐이다.

그래서 화운룡이 장하문과 창천의 생사현관을 타통시키려고 안간힘을 쓰고 있는 것이다.

비룡은월문에 절정고수가 두 명 있다는 사실은 어떻게 보면 별것 아닐 수도 있지만 또 어찌 보면 큰 힘이 되어줄 수도 있을 것 같기도 했다.

지난번 당한지가 이끌고 온 태사해문 고수 오십 명은 비룡은월문으로써는 운이 좋았다고 할 수 있었다.

태사해문이 비룡은월문을 여전히 얕보고 있으며, 비룡은월문이 강하게 나올 것이라는 예상을 추호도 하지 못했던 당한지 등이 멀뚱하게 있다가 졸지에 당해 버렸던 것이다.

만약 당한지가 처음부터 강공으로 나갔다면 화운룡으로서는 애를 먹었을 것이다.

어쩌면 그때 비룡은월문은 일패도지를 당하거나 회생 불가능한 피해를 입었을지도 모른다.

당한지와 오십 명의 고수를 제압한 데에는 회천탄이 큰 역할을 했다.

당한지가 올 줄 예상하지 못했었지만 어쨌든 그녀가 오기 며칠 전부터 비룡은월문 문하 제자 전원이 회천탄을 연마하기 시작한 것은 화운룡의 시기적절한 한수였다.

그렇지만 이제 태사해문이 다시 고수들을 보낸다면 절대로 지금까지의 전철을 밟지는 않을 것이다.

그때를 대비하려고 동태하 백암도에 새로운 비룡은월문을 건축하고 형산은월문과 태주현 인근의 여러 방파와 문파들이 규합했지만 아직 그 정도로는 턱없이 부족하다.

장하문은 화운룡의 거친 숨소리와 헐떡거리는 목소리를 들으면서도 연공실 안으로 들어가 그에게 도움을 주지 못하고 밖에서 두 주먹만 움켜쥐고 안타까워할 뿐이다.

지금 이런 상황에서 장하문이 화운룡을 도울 일은 아무것도 없다.

오히려 자칫 연공실 문이라도 열었다가 생사현관을 타통하는 일을 방해라도 하는 날이면 화운룡과 창천 둘 다 주화입마에 들어서 전신 혈맥이 터져 심하면 즉사하고 아니면 폐인이 되고 말 것이다.

얼마나 오랫동안 그 자리에 서 있었을까. 장하문은 화운룡이 혹사하는 것이 못내 가슴이 아파서 자신의 생사현관이 타통되었다는 기쁨을 마음껏 누리지도 못했다.

그는 힘없이 발길을 돌려 연공실을 나가려다가 입구의 작은 휴게실에 보진이 오도카니 앉아 있는 모습을 발견했다.

"왜 여기에 있소?"

움찔 놀란 표정의 보진은 물먹은 솜처럼 무겁게 가라앉은 모습으로 대답했다.

"주군께서 기다리라고 하셨습니다."

"주군께서?"

번뜩 머리를 스치는 무언가가 있어서 장하문의 얼굴이 슬쩍 일그러졌다.

화운룡은 처음에 장하문과 창천, 보진 세 사람을 불렀다가 보진의 공력이 일 갑자에 못 미치기 때문에 생사현관 타통에서 제외시켰다.

일반적인 상식으로 생사현관의 타통은 공력 팔십 년 수준이 돼야만 가능한 일이며 그것도 하겠다고 덤벼들어서 다 되는 것이 아니다.

생사현관 타통이 전 무림인들의 영원한 소원이기 때문에 조금이라도 능력이 된다는 생각이 들기만 하면 개나 소나 다 하려고 덤벼든다.

그렇지만 성공률은 채 삼 푼에도 미치지 못한다. 백 명이 생사현관 타통에 도전하면 그중에 고작 세 명만이 성공한다는 뜻이다.

더구나 실패한 구십칠 명 중에서 태반이 죽고 나머지는 폐인이 되어 심할 경우 자결하거나 비참한 신세로 평생을 살아가야만 한다.

그렇기 때문에 변변하지 못한 실력으로는 언감생심 생사현관 타통을 하겠다고 덤비지 못하는데 사람의 욕심이란 게 또 그게 아니다.

그런데 화운룡은 일 갑자 육십 년 공력인 장하문과 창천의 생사현관을 타통시켜 주려고 했으며 이미 장하문은 성공을 시켰으니 세상 사람들이 이걸 알면 미친 짓이라고 욕을 바가

지로 퍼부을 것이다.

그런데도 화운룡은 장하문을 성공시키고 나서 잠시 쉬는가 했더니 지금은 창천의 생사현관을 타통시켜 주고 있었다.

한데 장하문으로서는 전혀 예상하지 않았던 기가 막힐 상황이 기다리고 있었다.

화운룡이 보진더러 이곳에서 기다리고 있으라 한 이유가 십중팔구 그녀까지도 생사현관을 타통시켜 주려는 의도인 것이 분명하다.

일반적으로 팔십 년 내공이어야만이 생사현관 타통을 시도하는데 장하문과 창천은 겨우 일 갑자 내공이었다. 그것은 그만큼 시술자인 화운룡의 능력이 탁월하며 또한 힘에 부칠 것이라는 뜻이다.

그런데 자격 미달인 오십 년이 조금 넘는 내공의 보진까지 생사현관을 타통시키려 한다면 아마 화운룡은 초주검이 되고 말 것이다.

아니, 어쩌면 잘못될 가능성이 크다. 그렇다고 이미 생사현관을 타통한 장하문이 보진에게 그만두라거나 어째서 주군이 너의 생사현관을 타통시켜 주겠다고 하셨느냐고 따질 수도 없는 노릇이다.

"하아……."

장하문은 가슴속에 천만 근의 바윗덩이가 들어앉은 것처럼 착잡한 기분으로 연공실을 나갔다.

아까 자신의 생사현관이 타통되었을 때의 걷잡을 수 없는 기쁨과 감격은 송두리째 사라지고 답답함과 우울함이 가슴에 가득 들어찼다.

평소에는 팔룡이위의 무공 연마가 끝나면 땀범벅이 된 모두가 몸을 씻고 나서 잠시 휴식을 취한 후에 저녁 식사를 하는 것이 일상이었다.

하지만 화운룡이 장하문과 창천의 생사현관을 타통하느라 두 시진이 지나가고 있는 중이다.

장하문은 팔룡위에게 먼저 저녁 식사를 하라고 이르고는 옥봉에게 가서도 같은 말을 해주었다.

팔룡위는 자기들끼리 저녁 식사를 하겠지만 옥봉과 사유란은 하지 않을 것이다.

두 여자는 언제나 화운룡과 함께 식사를 하기 때문이다. 해를 쫓는 해바라기 같은 두 여자는 자신들의 운명과 인생을 온통 화운룡에게만 맞춰놓았다.

"주군께선 늦으실 겁니다. 두 분 먼저 드십시오."

"용공께서 우리 먼저 먹으라고 말씀하셨나요?"

"그렇습니다."

화운룡이 경황 중이라서 그런 말을 하지 못했지만 장하문은 선의의 거짓말을 했다.

장하문은 연공실로 걸어가고 있는 자신을 발견했다. 조금 전에 연공실에서 나왔는데 또다시 그곳으로 가고 있다.

연공실에 가서 무엇을 어떻게 할 것이라는 생각도 없지만 이대로 있을 수 없기 때문에 가보는 것이다.

보진이 생사현관 타통 때문에 화운룡을 기다리고 있는 중이라면 그녀가 자기도 해달라면서 매달렸을 가능성이 크다. 아니, 그랬을 것이다.

눈으로 보지 않았어도 알 수 있다. 그래서 수하들에게 뭐라도 하나 해주지 못해서 안달하는 마음 약한 화운룡이 거절하지 못한 것이다.

'대체 정신이 있는 여자인가?'

보진이 원망스러웠다. 그녀는 생사현관 타통에 대해서 기본적인 지식조차 없는 게 분명했다.

그걸 아는 여자라면 자기도 그걸 하겠다고 화운룡에게 애원하지 못했을 것이다.

'무슨 수를 써서라도 그녀를 말려야 한다……! 이러다가 주군께서 잘못되실 수도 있다.'

상황이 이렇게까지 악화될 줄 알았더라면 장하문은 자신의 생사현관 타통을 정중히 사양했을 것이다.

자신들의 생사현관이 타통되고 화운룡이 잘못된다면 그런

게 다 무슨 소용이라는 말인가.

장하문은 보진에게 욕을 먹더라도 그녀를 말려야겠다고 마음먹고 빠른 걸음으로 걸었다.

그런데 연공실에 도착한 그는 입구에 창천이 바닥에 가부좌로 앉아 있는 것을 발견했다.

"어찌 된 것이오?"

"주군께서 연공실 안으로 아무도 들여보내지 말라고 내게 호법을 서라고 말씀하셨습니다."

'아뿔싸……'

그가 생사현관이 타통되어 너무 기쁜 나머지 운공조식을 다섯 번씩이나 하는 바람에 시간이 너무 흘러 버렸다.

장하문이 팔룡위와 옥봉에게 저녁 식사를 먼저 하라고 말하러 갔다 온 사이에 화운룡은 창천의 생사현관 타통을 끝내고 잠시 쉬지도 않은 상태에서 보진의 생사현관을 타통시키기 위해서 연공실을 폐쇄한 것이다.

장하문과 창천 때는 연공실 폐쇄를 하지 않았던 것을 보면 보진은 다른 방법을 사용하려는 것이 분명했다.

"아아……"

큰 충격을 받은 장하문은 온몸의 맥이 다 빠져서 쓰러질 듯이 비틀거렸다.

"왜 그러십니까?"

창천이 급히 일어나서 장하문을 부축했다.

"아무것도 아니오."

장하문은 가슴이 온통 무너지는 것 같은 심정으로 발길을 돌려 아무 데로나 걸어갔다.

"아아……."

보진은 이날까지 이렇게 상쾌하고 전신이 날아갈 것처럼 가벼운 기분은 처음 느꼈다.

그녀의 체내에서 엄청난 본신진기가 해일처럼 온몸 혈맥을 휩쓸고 다녔다.

진기가 임맥이며 독맥, 백회혈과 회음혈 등 체내의 혈도들을 거침없이 통과하면서 그녀의 심신을 더없이 상쾌하고 가볍게 해주었다.

개인 연공실에는 운공조식을 하는 좌대와 피곤할 때 누워서 쉬도록 나무 침상이 놓여 있는데 지금 그녀는 나무 침상에 반듯한 자세로 누워 있었다.

그녀는 온몸은 땀범벅이 되어 옷이 모두 흠뻑 젖어서 물이 뚝뚝 떨어졌다.

방금 전까지 생사현관을 타통시키느라 전력을 다했기 때문에 기진맥진 녹초가 됐었는데 생사현관이 타통되는 순간 순식간에 회복되었다.

아니, 회복한 정도가 아니라 거의 백 년에 가까운 엄청난 공력이 급증한 덕분에 당장에라도 태산을 무너뜨릴 것 같은 힘이 넘쳤다.

조금 전 마지막 순간에 사타구니 회음혈을 중심으로 상하 네 개의 혈도가 퍽! 하고 한꺼번에 뚫리면서 그녀의 생사현관이 타통되었다.

"주군……"

그녀는 누운 자세로 고개만 들고 한없이 고마운 눈빛을 지으면서 아래쪽의 화운룡을 바라보았다.

화운룡은 눈을 반쯤 뜨고 있으나 초점이 없고 제정신이 아닌 것 같았다.

조금 전 보진의 회음혈을 비롯한 다섯 개의 중요 대혈을 관통할 때 그녀의 공력에 자신의 전 공력을 보탰기 때문에 화운룡은 일시적으로 탈진 상태에 빠졌다.

오늘 아침에 운공조식을 해봤을 때 그는 자신의 공력이 이십 년이 됐다는 사실을 깨달았다.

고작 이십 년 공력으로 장하문과 창천의 생사현관을 타통했으며, 세 번째로는 그보다 몇 배나 힘들고 어려운 추궁과혈 수법으로 보진의 생사현관을 타통시켜 주었다.

공력이 일 갑자에 달하는 장하문과 창천은 자신들의 공력이 밑바탕이 되어, 화운룡이 두 손바닥을 등 뒤의 명문혈에 밀착시키고 공력을 유도하는 수법으로 가능했다.

하지만 오십 년을 조금 상회하는 공력의 보진은 그런 방법으로는 어림도 없기에 추궁과혈수법, 즉 화운룡이 직접 두 손으로 그녀의 온몸 구석구석을 주무르고 누르며 쓰다듬으면서 공력을 주입하고, 그녀의 공력을 유도하는 가시밭길 같은 방법을 시전했다.

추궁과혈수법이 난해하고 몹시 힘들기도 하지만 그가 그녀의 온몸을 구석구석 주물러서 공력을 이끌고 주입해야 하기 때문에 이 방법을 망설였다.

조금 전 마지막 순간에 회음혈을 비롯한 다섯 군데 혈도를 관통하려고 그의 오른손 손바닥이 움직였다가 지금은 바닥에 놓여 있는 상황이었다.

그녀는 두 다리를 넓게 벌리고 무릎을 세워서 그가 은밀한 부위의 회음혈 등의 혈도들을 원활하게 관통할 수 있는 자세를 취했다.

최후의 한 움큼 기력까지 완전히 탈진한 그로서는 꼼짝도 하지 못하고 있다.

보진은 화운룡을 바라보면서 안타까운 표정을 지었다.

"주군……."

화운룡이 추궁과혈수법으로 그녀의 온몸을 주물렀다고 해서 두 사람은 추호도 이상한 생각을 하지 않는다.

보진의 부름에 화운룡은 고개를 들고 몹시 힘겹게 상체를 일으켰다.

"음……."

푹!

그러다가 그대로 그녀의 몸 위로 엎어졌다.

"주군……."

그러나 혼절해 버린 화운룡은 아무런 대답도, 움직임도 없었다.

보진은 혹시 화운룡이 잘못된 것이 아닐까 싶어서 겁이 덜컥 났다.

그녀는 손을 뻗어 손가락을 화운룡의 목에 대보았다.

맥이 뛰고 숨도 쉬고 있는 것을 확인한 그녀는 안도의 한숨을 내쉬었다.

'아아… 다행이야. 잠시 혼절하셨을 뿐이야……'

그가 얼마나 탈진했으면 혼절했을 것인가를 생각하자 보진은 미안함과 고마움이 엄습했다.

그녀는 자신의 배에 뺨을 대고 혼절한 화운룡의 머리를 부드럽게 쓰다듬었다.

'이제부터 제 목숨은 주군 것입니다.'

이날까지 살아오면서 어느 누구도 이렇게까지 그녀에게 은혜를 베풀었던 사람은 없었다.

화운룡은 자신의 앞에 서 있는 창천과 보진을 쳐다보았다.

"이제부터 너희 둘은 팔룡위와 함께 무공을 연마하지 말고 내게 따로 배워라."

창천의 공력이 백 년이고 보진이 구십 년을 상회할 정도라서 팔룡위하고는 수준이 맞지 않기 때문이다.

화운룡은 장하문과 창천, 보진에게는 절정고수에 적합한 수준 높은 가르침을 줄 생각이다.

"알겠습니다."

어제 생사현관이 타통된 이후부터 화운룡을 주군 그 이상의 존재로 받들게 된 두 사람은 공손히 허리를 굽혔다.

"너희는 무공을 연마하는 시간 외에는 옥봉과 어머님을 호위하도록 해라."

창천이 조심스럽게 말했다.

"두 분은 저 혼자 호위해도 됩니다."

"보진은?"

"주군을 호위하라고 했습니다."

"나를?"

"왕비와 공주께선 하루 종일 이곳에만 계시므로 딱히 호위를 하지 않아도 됩니다만 주군께선 자주 외부로 출타를 하시니까 보진의 호위가 필요합니다."

원래 화운룡의 호위무사는 전중이었지만 이제는 그 의미가 퇴색해 버렸다.

그로서는 화운룡을 호위할 능력이 없으며 단지 팔룡위의 한 명일 뿐이다.

현재 보진의 공력은 백 년에서 몇 년 모자라는 굉장한 수준이고 앞으로 공력이나 무공이 일취월장할 것이기 때문에 그녀가 호위를 한다면 화운룡으로서는 어딜 가든 활동하는 데 거의 제약을 받지 않을 것이다. 그러므로 창천의 제안을 마다할 이유가 없다.

"알았다."

그가 고개를 끄떡이자 조마조마한 표정의 보진은 안도했고 창천은 깊이 허리를 굽혔다.

"감사합니다."

사실 이 일은 보진이 창천에게 제안한 것이다. 생사현관이 타통된 이후 보진은 자신의 목숨을 화운룡에게 맡겼다.

여러 이유가 있지만 그에게 받은 은혜가 너무 크다는 것이 첫 번째 이유였다.

그래서 그녀는 앞으로 죽을 때까지 화운룡의 그림자처럼 그를 호위하기로 결심했으며 그 사실을 창천에게 말해서 협조를 얻어낸 것이다.

하지만 보진은 자신의 생사현관을 타통하는 데 화운룡이

추궁과혈수법을 사용했다는 말은 하지 않았다.

생사현관 타통이라는 신성한 목적이었지만 남자가 여자의 온몸에 추궁과혈수법을 사용했다는 사실을 구태여 그녀의 입으로 밝힐 필요가 없었다.

보진은 거처를 화운룡의 침실로 옮겼다.

용황락 내의 화운룡 거처인 삼 층 전각은 예전처럼 운룡재로 부르며 삼 층 전체를 화운룡과 옥봉, 사유란이 사용하고 있고, 이 층은 운룡재 숙수와 하녀들의 침실이 있다.

화운룡의 침실은 꼭 침실로만 사용되지 않고 휴게실과 목욕실, 작은 주방, 서재 등이 하나의 탁 트인 넓은 공간 안에다 들어 있었다.

한쪽 면에 세 개의 고풍스러운 커다란 침상 세 개가 나란히 있으며, 그중 복판의 침상을 화운룡과 옥봉, 사유란이 함께 사용하고 바로 옆의 창이 가까운 쪽 침상을 보진이 사용하기로 했다.

보진은 철저하게 화운룡을 호위하기 위해서 같은 삼 층에 거주하기를 희망했지만 삼 층 전체가 하나의 공간으로 터져 있으며 침상은 나란히 놓인 세 개뿐이라서 선택의 여지가 없었다.

보진으로서는 삼 층이 여러 칸의 방으로 나누어져 있는 것보다는 차라리 이쪽이 호위하기가 더 나았다.

창천은 따로 이 층에 침실을 마련하여 지내기로 했다. 보진이 지근거리에서 호위를 하고 있으므로 창천까지 곁에 있을 필요는 없다.

第九章
막장 인생

　운룡재 삼 층에서 조촐한 술자리가 벌어졌다. 화운룡이 자꾸 움츠러들고 있는 사유란을 위로하려고, 그리고 보진과 창천하고 좀 더 가까워지려고 이 자리를 마련했다.

　보진과 창천까지 불러서 다섯 사람이 탁자에 옹기종기 둘러앉아 술을 마셨다.

　처음에는 화운룡 혼자만 마셨다. 옥봉은 마시지 못하고, 사유란은 술 마시는 것이 내키지 않는다고 하면서 화운룡 옆에 힘없이 앉아 있으며, 보진과 창천은 자신들이 하늘같은 상전들과 한 탁자에 앉아 있는 것만도 황송한 상황인데 감히 대작을 못 하겠다고 펄쩍 뛰었다. 할 수 없이 화운룡 혼자만 술을 마시고 있었는데 사유란이 조그만 목소리로 옹알거리듯이 말했다.

"은한(銀寒)이 마시면 나도 마실게."

"왕비님."

보진은 화들짝 놀랐지만 사유란은 태연했다. 그녀는 보진을 보면서 보일 듯 말 듯 미소를 지었다.

"우리 둘은 왕부에서도 자주 술 마셨잖아."

사실 사유란은 술을 몹시 좋아하는데 엄격한 예법이 존재하는 왕부에서는 자유롭게 술을 마실 수 있는 기회가 가물에 콩 나듯 해서 참아야만 했다. 그래서 사유란은 자신의 측근 호위고수인 보진을 불러들여서 남몰래 같이 술을 마셨었다.

물론 보진이 왕비인 사유란과 처음부터 쉽게 술을 마신 것은 아니었다. 그날까지 한 번도 술을 마셔본 적이 없는 보진에게 술을 먹이기 위해서 사유란은 온갖 말로 꼬드기기도 하고 때로는 위협을 가했다.

그렇게 어렵게 술을 배운 보진이지만 나중에는 사유란보다 더 잘 마시는 애주가가 되었다. 지금도 보진은 향기로운 술을 앞에 두고 마시지 못하는 상황이라서 고문을 당하고 있는 기분이었다.

화운룡은 사유란의 잔에 술을 따랐다.

"보진의 속명이 은한입니까?"

"응. 보진은 아미파에 있을 때 불명(佛名)이고 속명이 은한이야. 은씨 가문의 무남독녀지."

"예쁜 이름이군요."

화운룡의 칭찬에 보진은 얼굴이 살짝 붉어졌다. 화운룡은 보진과 창천에게도 술을 따라주었다.

"너희도 마시는 것이 좋겠다."

두 사람이 벌떡 일어서자 화운룡은 넌지시 꾸짖었다.

"술잔 받을 때마다 너희들이 일어서면 술자리 분위기가 깨질 것이다."

"죄송합니다."

두 사람은 엉거주춤 앉았다. 사유란은 창천과 보진에게 술잔을 들어 보였다.

"마시자."

옥봉을 제외한 네 사람은 그때부터 술을 마시기 시작했다.

옥봉은 언제나 그랬듯이 없는 사람처럼 앉아서 화운룡의 시중을 들었다.

술자리가 시작된 지 한 시진이 지날 무렵부터 분위기가 화기애애해졌다. 화운룡이 술자리를 마련한 이유의 첫째는 늘 의기소침하고 우울해 있는 사유란을 위로하려는 것이고 두 번째는 보진, 창천과 가까워지기 위해서다.

화운룡은 천하제일인이라는 최고의 권력과 명성의 자리에 수십 년 동안 앉아 있었기 때문에 사람들의 굽실거림이나 경직된 예절은 질리도록 받아보았다. 새로운 삶에서 그의 목표는 행복, 기쁨, 사랑, 화합 같은 것들을 추구하는 것이다. 권력과 명예를 좇지 않고 인간답게 살고 싶은 마음인 것이다.

그렇기 때문에 측근 호위인 보진과 창천하고도 격의 없이 친하게 지내고 싶은 마음이다.

천하에 매하고 술에는 장사가 없는 법이다. 매를 맞으면 아프고 술을 마시면 취하게 마련이다.

한 잔 두 잔 홀짝거리면서 마신 술이 이십여 잔이 넘어가자 여자인 사유란과 보진이 먼저 무장이 해제됐다. 그때부터 그녀들은 질세라 술을 마셨다.

술이 시름을 잊게 해준다는 말은 맞는 것 같다. 사유란은 술을 마시고 있는 동안만큼은 남편 주천곤을 잊고 평소의 우아하고 아름다운 미소를 되찾았다.

예전에 사유란하고 자주 대작을 했던 보진은 사유란이 웃음을 되찾고 이런저런 말을 하면 화운룡의 눈치를 살피면서 조심스럽게 화답을 해주었다.

화운룡이 그녀들의 대화에 끼어들어서 격의 없이 웃고 즐기는 것을 보면서 보진의 긴장이 서서히 풀어졌다.

창천은 대화에 끼지는 않았지만 술을 마시면서 엷은 미소를 지으며 분위기에 동화했다.

다음 날 이른 아침, 낭보와 비보가 비룡은월문에 동시에 날아들었다.

낭보는 양주현의 하오문 홍로방 방주였다가 비룡은월문 천지당 외당주가 된 잠송이 전서구로 알려왔으며, 비보는 천지당 내당주 막화가 직접 알리러 비룡은월문에 달려왔다.

잠송이 보낸 전서구에는 주천곤을 찾았으며 그가 어디에 있다는 내용이 적혀 있었다.

그리고 막화는 태사해문을 출발한 고수들이 태주현을 향하고 있으며 그 수가 무려 삼백 명에 달한다고 보고했다.

"그들은 현재 탕산(湯山) 북쪽 용담(龍潭)을 지나고 있는데 내일 정오 무렵이면 이곳에 도착할 것 같습니다."

운룡재 삼 층 서재에서 막화는 돌덩이처럼 굳은 얼굴로 말을 이었다.

"그들 삼백 명은 남경 사해검문 휘하의 고수들이며 문주인 사해금검 당평원이 직접 이끌고 있답니다."

사해검문과 태극신궁이 합병하여 태사해문이 되었지만 현재 새 문파가 건축 중이어서 아직은 남경과 합비에서 따로 두집 살림을 하는 불편을 겪고 있었다.

"태주로 오는 것이 틀림없느냐?"

그들이 지나고 있다는 탕산 북쪽 용담은 태주에서 백오십여 리 떨어진 거리다.

"그들이 동진(東進)하고 있으며 대항(大港) 포구에 배를 대기시켜놓으라고 예약한 점 등을 봤을 때 태주로 오는 것이 확실한 것 같습니다."

태주에서 남쪽 이십여 리 장강에 구안(口岸) 포구가 있으며 강 건너 맞은편에 있는 것이 대항 포구다.

대항 포구에 강을 건널 배를 예약해 두었다면 그들이 태주로 오고 있는 것이 거의 확실하다.

탁자에 앉아 있는 화운룡 앞에 도도가 향긋한 차를 따랐다.

워낙 이른 아침이라서 무공 연마를 하기 전이라 도도가 화운룡의 시중을 들고 있었다.

"둘 다 앉아서 차 마시자."

화운룡은 서 있는 장하문과 막화에게 앉으라는 손짓을 했다.

장하문은 스스럼없이 화운룡 옆에 앉아서 찻잔을 들었고 막화는 조금 머뭇거리다가 맞은편에 앉았다.

화운룡이 예절을 따지지 않고 격의 없이 대하는 것을 좋아한다는 사실을 알고 있는 막화지만 언제나 이런 상황에는 손에서 진땀이 났다.

막화는 차를 마시는 시늉만 하고는 손에 쥔 채 말했다.

"그들 삼백 명은 사해검문의 일급검수들이라고 합니다. 그 정도 전력이면 중간 정도 방파나 문파를 반나절 만에 멸문시킬 수 있다고 합니다만……."

화운룡은 쟁반을 들고 서 있는 도도에게 턱짓을 했다.

"너도 앉아라."

도도는 막화 옆의 의자를 들고 화운룡 옆에 놓고 앉았다.

"그렇다면 일단 그들이 우릴 목적으로 오고 있는 것이라고 봐야겠군."

"그래야겠습니다."

"어떻게 하면 좋겠나?"

장하문은 그렇게 묻는 화운룡의 머릿속에는 이미 어떤 계획이 세워졌을 것이라고 생각했다.

물론 지금 상황에서는 별다른 뾰족한 방법이 없다. 강자의 공격은 피하거나 숨는 것이 최선이다.

"수성(守城)을 해야겠지요."

비룡은월문 성문을 모두 닫고 방어를 하자는 것이다.

"성문을 모두 닫으면 삼백 아니라 천 명이 와도 우릴 어떻게 하지 못할 것입니다."

장하문의 말에 자신감이 묻어났다.

"이걸 보게."

화운룡은 천지당 외당주 잠송이 보낸 전서구의 서찰을 장하문에게 건네주고 차를 마셨다.

(조인(找人: 찾는 사람)은 현재 탕산의 녹림 흑랑곡(黑狼谷)에 갇혀 있으며 금광에서 일하고 있는 것으로 추측됩니다. 흑랑곡에서는 조인의 신분을 모르는 듯하며 단지 흑랑곡이 광부로 쓰기 위해서 사람들을 마구잡이로 납치하는 과정에 끌려간 듯합니다. 더 자세한 내용은 곧 보고하겠습니다.)

"전하께서 금광의 광부가 되시다니⋯⋯."

장하문은 망연자실한 표정으로 중얼거렸다.

그러다가 그는 도도와 막화가 크게 놀라는 표정을 짓는 것을 보고 자신의 실언을 깨달았다. 그가 방금 자신도 모르게 '전하'라고 말한 것이다.

장하문은 당황한 얼굴로 화운룡에게 고개를 숙였다.

"죄송합니다."

"됐다."

화운룡은 손을 젓고는 차를 마시며 도도와 막화에게 담담히 사실을 알려주었다.

"우리가 찾는 분은 정현왕 전하시다."

"아······."

도도와 막화는 대경실색하여 턱이 떨어진 것처럼 입을 크게 벌렸다.

제아무리 하찮은 백성이라고 해도 조금만 귀가 열린 사람이라면 정현왕이 당금 황제의 친동생이라는 사실을 알고 있을 것이다.

그러나 도도와 막화가 놀란 진짜 이유는 그런 엄청난 사실을 화운룡이 자신들에게 스스럼없이 말해주었다는 사실이다.

게다가 화운룡은 비밀을 지키라는 말도 하지 않았다. 알아서 하라는 얘긴데 그만큼 도도와 막화를 믿는다는 뜻이다.

화운룡은 막화에게 말했다.

"당평원과 태사해문 고수들을 계속 감시하면서 수시로 내게 보고해라."

"알겠습니다."

화운룡은 막화를 보내고 접객실을 나와 삼 층 거처로 향했다.

계단을 올라가는데 도도가 기어드는 목소리로 말했다.

"저는 주군의 도움이 되고 싶습니다."

누가 들어도 구체적이지 않고 그저 자신의 막연한 희망 사항 같은 말이다.

하지만 경험이 풍부하고 사람의 내심을 읽을 줄 아는 화운룡은 도도의 말뜻을 알아들었다.

만약 그가 정현왕을 구하러 갈 계획이라면 그녀도 따라가겠다는 뜻이었다.

화운룡은 비룡은월문을 장하문에게 맡기고 자신은 주천곤을 구하러 가기로 마음먹었다.

주천곤이 어디에 있다는 것을 알았는데 이대로 가만히 있을 수는 없었다.

비룡은월문은 당평원이 이끄는 삼백 명의 일급고수들의 공격에 맞서 수성을 하기로 결정했기 때문에 성문을 굳게 닫아걸고 있으면 된다.

수성에 대한 일은 화운룡이 몇 가지 장하문에게 지시를 했으며 나머지는 장하문이 알아서 할 것이다.

만에 하나 당평원과 삼백 명의 일급고수들이 비룡은월문을 뚫고 안으로 침입한다면 화운룡이 있어도 어떻게 해볼 도리가 없다.

그렇지만 비룡은월문이 그렇게 쉽게 뚫리지는 않을 것이라는 게 화운룡의 생각이다.

옥봉과 사유란에겐 주천곤이 어디에 있으며 어떤 상황인지 설명을 해주었다. 그녀들의 남편이고 아버지이기에 당연히 알 자격이 있었다.

두 여자는 마침내 주천곤을 찾았다는 기쁨과 그가 녹림 무리에게 붙잡혀 금광에서 일하고 있다는 염려가 교차하여 하염없이 눈물만 흘렸다.

"창천과 같이 가겠다."

흑랑곡에 직접 잠입해서 주천곤을 찾아내어 구출할 생각인 화운룡은 여자인 보진을 데려갈 수가 없었다.

"주군의 호위는 접니다."

그때 한쪽에서 누군가의 목소리가 들리더니 낯선 한 남자가 나타났다.

그는 아담한 체구인데 일신에 청의 경장을 입었으며 이마에는 문사건을 질끈 동여매고 이께에는 한 자루 섬을 멘 매우 잘생긴 청년이다.

화운룡과 장하문은 그가 누군지 알아보고는 가볍게 어이없는 표정을 지었다.

그는, 아니, 그녀는 다름 아닌 보진이었다. 그녀가 남장을 하고 나타난 것이다.

원래 무림의 여자들은 경장 차림을 하기 때문에 복장에서는 남녀 구분이 별로 없다.

하지만 여자들은 화장을 하거나 머리를 길게 늘어뜨리고 또 가슴이 봉긋하게 솟아 있어서 누구라도 즉시 여자라는 사실을 알아볼 수 있었다.

하지만 지금 보진은 긴 머리카락을 틀어 올려 문사건으로 묶어서 감췄으며, 화장을 지웠고 또 가슴을 천으로 칭칭 동여매서 약간 불룩할 뿐 유방 같지는 않았다.

"보진아."

"주군, 제가 주군의 호위라는 사실을 잊으셨습니까? 저를 두고 가시려면 차라리 죽이십시오."

화운룡이 뭐라고 말하려니까 보진이 단호한 표정으로 그의 말을 잘랐다.

평소라면 그녀가 감히 주군의 말을 자른다는 것은 꿈도 꾸지 못할 일이다.

그러므로 지금 그녀의 결심이 얼마나 확고한지 짐작할 수 있었다.

보진은 한쪽에 서 있는 창천을 보며 굳은 얼굴로 물었다.

"창천, 주군을 호위하는 데 나와 당신 중에 누가 적합하죠? 솔직하게 말해주세요."

창천은 화운룡에게 고개를 숙였다.

"여러모로 보진이 저보다 낫습니다. 제가 보진보다 나은 것은 무공이 조금 더 높다는 사실뿐입니다."

저쪽에서 울고 있던 사유란이 눈물을 닦으며 거들었다.

"용청, 은한을 데리고 가. 그녀는 매우 총명해서 용청을 잘 도울 거야."

화운룡은 보진을 쳐다보았다. 자세히 들여다보면 몹시 아름다운 청년의 모습을 한 그녀는 강인하게 보이려고 어금니를 악문 채 화운룡의 시선을 정면에서 맞받았다. 절대로 물러서지 않겠다는 각오가 보였다.

이윽고 화운룡은 고개를 끄떡였다.

"그래, 가자."

사유란과 창천이 그 정도로 말하는 것을 보면 보진이 비록 여자라고 해도 이번 가는 길에 그녀가 창천보다 더 쓸모가 있을지도 모른다.

*   *   *

장하문은 화운룡이 돌아올 때까지 시간을 벌기 위해서 한 가지 계책을 썼다.

남경을 출발한 당평원이 이끄는 삼백 명의 고수는 탕산 북쪽 장강을 따라서 동진하다가 대항 포구에서 배를 타고 강을 건너 태주로 들어올 계획인 것 같다.

그래서 장하문은 엉뚱하면서도 기발한 방법을 생각해 냈는데 대항 포구에 있는 배라는 배들은 한 척도 남기지 않고 깡그리 다 치워 버리는 것이다.

물론 장하문이 제일 먼저 한 일은 당평원 일행이 예약해

둔 배를 포섭해서 다른 곳으로 빼돌린 것이다.

해룡상단은 원래 이 지역의 상권을 거의 장악하고 있으므로 며칠 동안만 모든 배를 장강 건너 구안 포구로 이동시켜 달라는 요구에 다들 기꺼이 응해주었다.

해룡상단은 언제나 인심이 후한 데다 원한이 분명하고 은혜는 반드시 갚는다는 사실을 사람들은 잘 알고 있으므로 모두 앞장서서 해룡상단의 요구를 들어주었다. 들어주지 않을 이유가 없었다.

이 일이 끝나면 해룡상단은 배를 이동시켜 준 선주들에게 일일이 후한 대가를 치를 터이다.

태사해문의 보복 같은 것은 두려워하지 않았다. 이런 것이 텃세라는 것이고 장사를 하는 사람들의 의리라는 것이다.

대항 포구는 대항이라는 이름과는 달리 아담한 포구이며 전체 배라고 해봤자 삼십여 척 남짓이었다.

포구에 배가 한 척도 없으면 날개가 달리지 않은 이상 하류에 해당하는 폭 삼백여 장의 엄청난 장강을 건널 수 있는 방법은 전무하다.

그리되면 당평원과 삼백 명의 고수는 배를 찾아서 다른 포구로 이동할 것이고, 해룡상단이 또다시 그 포구의 모든 배를 다른 곳으로 이동시킬 것이다.

당평원이 다른 포구를 찾아가면 또다시 손을 써서 배들을 치워 버리면 된다. 그러면 당평원은 꽤 오랫동안 강을 건너지 못할 것이다.

탕산은 대항 포구에서 장강을 거슬러 삼십여 리쯤에 위치한 별로 크지 않은 작은 산이다.

이곳 장강 남쪽 지역은 대부분 드넓은 평야이며 수많은 강이 거미줄처럼 얽혀 있는데, 탕산은 장강 변 평야 한가운데 우뚝 솟아 있어서 상대적으로 매우 거대해 보이는 편이다.

또한 탕산은 남북의 길이가 짧으며 평균 삼십여 리, 동서의 길이는 긴 편이어서 육십여 리, 산 전체 둘레가 이백여 리 정도인데 평야 지대이며 다른 산이라곤 전혀 없는 이 지역에서는 제일 큰 산이기도 하다.

화운룡과 보진은 배로 장강을 건너 대항 포구에 내렸다.

두 사람을 내려준 중간 규모의 배는 해룡상단 소유인데, 즉시 뱃머리를 돌려서 다시 장강 건너 구안 포구를 향했다.

명색이 포구인데도 대항 포구에는 손바닥만 한 단 한 척의 배도 보이지 않았다.

해룡상단의 요구에 부응하여 모든 배가 깡그리 구안 포구로 이동했기 때문이다.

대항 포구에 내린 화운룡과 보진은 해룡상단 사람들이 미리 대기시켜 놓은 말 두 마리를 찾아내서 타고 탕산을 향해 바람처럼 달려갔다.

우두두둑!

화운룡은 오늘 이른 아침 묘시(아침 6시)경에 잠송과 막화의 보고를 접했는데 지금이 신시(오후 4시)를 지나고 있으니까 무척 빠르게 대응을 하고 있었다.

화운룡과 보진이 대항 포구를 출발하여 전력으로 달린 지 한 시진 반쯤 지났을 때 전방에 마을이 나타났고 마을 뒤로 산이 보였는데 바로 탕산의 동쪽 끝이다.

마을 입구에 들어서면서 사람들이 많아지자 두 사람은 말의 속도를 줄였다.

다각다각…….

보진이 화운룡을 스치면서 먼저 앞으로 달려 나갔다가 금세 모습이 시야에서 사라졌다.

그러나 화운룡은 개의치 않고 천천히 주위를 두리번거리면서 전진했다.

잠시 후에 사라졌던 보진이 다시 나타나 달려와서는 말 머리를 돌려 화운룡과 나란히 가며 보고했다.

"약속 장소를 찾았습니다."

오래지 않아서 두 사람은 마을 안의 어느 평범한 주루 앞에서 말을 멈추었다.

주루 앞에는 잠송이 기다리고 있다가 화운룡을 보자 공손히 허리를 굽히며 말고삐를 잡았다.

화운룡은 말에서 내려 물었다.

"그자는 왔느냐?"

"주루 안에 있습니다."

화운룡은 고개를 끄떡였다.

"들어가자."

이 마을은 신풍촌(新豊村)이라고 하는데 장강을 끼고 있어서 주민들은 주로 물고기를 잡는 일과 농사에 종사하고 있으며, 소수의 주민이 탕산의 흑랑곡과 은밀한 거래를 하면서 짭짤한 수입을 올리고 있었다.

거래라는 것은 다른 게 아니라 흑랑곡의 소두령들이 탕산에서 채취한 금을 조금씩 빼돌려 신풍촌에서 은밀하게 처분하여 사리사욕을 챙기고 있는 것이다.

그런 사실을 알아낸 잠송은 신풍촌에 금을 내다 파는 소두령 중에 한 명을 포섭했다.

잠송이 시켜준 푸짐한 요리에 코를 처박은 채 술을 마시고 있던 덥수룩한 수염의 삼십 대 중반 흑랑채 칠두령이라는 신분의 사내는 잠송과 함께 다가오고 있는 화운룡과 보진을 날카로운 시선으로 재빨리 살폈다.

화운룡과 보진이 맞은편에 앉자마자 칠두령이 거두절미 본론을 꺼냈다.

"그러니까 당신 두 사람을 본 곡 금광의 광부로 잠입시켜 달라는 것이오?"

화운룡은 가볍게 고개를 끄떡였다.

"그렇소."

"무엇 때문에 돈을 써가면서까지 본 곡의 광부가 되려는 것이오? 달리 꿍꿍이 속셈이 있는 거요?"

칠두령은 말로는 날카롭게 물으면서도 손으로는 부지런히 술과 요리를 먹어댔다.

툭!

화운룡은 거두절미하고 품속에서 가죽 주머니 하나를 꺼내 묵직하게 사내 앞에 내려놓고는 턱으로 열어보라는 시늉을 해보였다.

가죽 주머니에 돈이 들었을 것이라고 짐작한 사내는 미간을 찌푸린 채 주머니를 열다가 눈이 휘둥그렇게 떠지며 주머니 속과 화운룡을 번갈아 쳐다보았다.

화운룡은 태연하게 말했다.

"금 백 냥이오. 목적한 바를 이루면 금 백 냥을 더 주겠소. 하겠소?"

도합 금 이백 냥을 줄 테니까 찍소리 말고 시키는 대로 하겠느냐는 뜻이다.

금 한 냥에 은자 삼십 냥이니까 금 이백 냥이면 자그마치 은자 육천 냥이다.

녹림 무리 흑랑곡의 소두령 노릇 평생 해봤자 은자 천 냥도 모으지 못할 것이다.

그러니 금 이백 냥만 있으면 흑랑곡을 떠나서 천하 어디를 가더라도 죽을 때까지 떵떵거리면서 살 수 있었다. 이것만 있으면 고생 끝이다.

칠두령은 금 백 냥이 든 주머니를 두 손으로 움켜잡으며 목이 부러질 정도로 고개를 끄떡였다.

"하… 하겠소."

탕산은 작은 산인데도 불구하고 산세가 무척 험한 데다 숲이 울창해서 하늘이 보이지 않을 정도이며 높은 봉우리와 깊은 계곡들이 곳곳에 산재해 있는 험산이었다.

만약 화운룡과 보진만 왔더라면 흑랑곡을 찾는 데만 하루 종일 허비했을 것이다.

칠두령 광간(廣干)은 소두령들이 자주 다니는 지름길을 택하여 울창한 숲속과 크고 작은 바위들이 난립한 곳을 다람쥐처럼 빠르게 나아갔다.

그는 이따금 화운룡과 보진이 잘 따라오는지 뒤돌아보곤

했는데 그때마다 적잖이 놀라는 표정을 지었다.

험한 길을 가고 있는데도 화운룡과 보진이 반 장 뒤에서 그
림자처럼 잘 따라오고 있기 때문이다.

그래서 광간은 화운룡과 보진이 평범한 인물이 아닐 것이
라고 짐작했다.

"저기요."

칠두령 광간이 울창한 숲 가장자리에서 걸음을 멈추고 저
만치 전방을 가리켰다.

화운룡과 보진은 나란히 서서 광간이 가리킨 방향을 날카
롭게 주시했다.

그곳은 십오 장쯤 거리의 어느 계곡 입구인데 커다란 나무
와 바위들 때문에 곡구(谷口)가 은폐되어 있었다.

날이 어두컴컴해져서 화운룡 눈에는 잘 보이지 않았지만
보진은 곡구에 흑랑곡 수하 녹림 무사 네 명이 서서 지키고
있는 것을 똑똑히 보았다.

"내가 시키는 대로만 하면 별일 없을 거요."

광간은 화운룡과 보진에게 어떻게 하라고 일러준 후에 숲
에서 걸어 나갔다.

"앞서시오."

광간의 말에 보진이 앞서고 그 뒤에 화운룡, 광간 순서로

곡구를 향해 걸어갔다.

광간의 말에 의하면 흑랑곡 광부는 두 종류가 있다고 한다.

하나는 바깥세상의 여러 지역에서 무작위로 납치되어 강제로 끌려온 자들인데 이들에겐 하루 세 끼 먹을 것과 잘 곳만 제공해 준다.

다른 한 종류는 광부 일을 해보겠다면서 제 발로 찾아온 사람들이다.

그들에게도 세 끼 식사와 잘 곳이 제공되며 다른 것이 있다면 매월 각전 이십 냥이라는 녹봉이 지급된다는 사실이다.

화운룡과 보진은 제 발로 광부 일을 해보겠다고 찾아온 것이며 광간이 신풍촌에서 그들을 만나 데리고 온 것으로 입을 맞추었다.

*   *   *

흑랑곡 안쪽은 두 군데로 나뉘어져 있었다.

왼쪽은 흑랑곡의 본채로 녹림 무리들이 거주하며 허술하게 지어진 전각과 통나무로 지어진 집 이십여 채가 뒤섞여서 계곡 양쪽에 모여 있었다.

계곡의 오른쪽은 금광이며 깎아지른 암벽 아래에 여러 개의 굴, 즉 금광들이 뚫려 있으며 그곳에서 멀지 않은 곳에 이십여 채의 통나무집들이 다닥다닥 붙어 있었다.

그리고 흑랑곡 본채하고는 달리 무기를 휴대한 녹림 무사들이 곳곳에서 지키고 있었다.

"여기에서 자도록 하시오. 일은 내일 아침 진시(아침 8시경)부터 시작하오. 여기 담당하는 자에게 말해두었으니까 그자가 시키는 대로 하면 되오."

광간은 절벽 아래 세 줄로 겹겹이 다닥다닥 붙어 있는 삼십여 채의 통나무집 중에 두 번째 줄의 어느 집 앞에서 장황하게 설명했다.

"나머지 돈은 언제 줄 거요?"

화운룡은 솔직하게 말했다.

"원래 나는 이곳에 사람을 찾으러 왔소. 그러니까 그를 찾으면 잔금을 주겠소."

"찾는 자가 누구요? 내가 찾아주겠소."

화운룡은 기다렸다는 듯이 품속에서 주천곤의 얼굴이 그려진 도영 한 장을 꺼내서 펼쳤다.

"이 사람이오. 본 적 있소?"

광간은 도영을 들고 통나무집 벽에 걸린 유등 아래로 가서 자세히 들여다보더니 고개를 가로저었다.

"모르겠소."

"찾아보시오."

광간은 고개를 끄떡였다.

"내일 아침 날이 밝는 대로 찾아보겠소."

그가 덧붙였다.

"광부가 칠백 명이나 되니까 찾는 데 시간이 좀 걸릴 것이오. 더구나 마구잡이로 이자를 찾으러 다니다가는 의심을 받을 테니까 말이오."

화운룡은 광부가 칠백 명이나 된다는 말에 어이없는 표정을 지었다.

"그들 중에 납치되어 끌려온 사람은 몇이나 되오?"

"거의 대부분이오. 제 발로 광부가 되겠다고 찾아온 자는 오십여 명 남짓이오."

광간은 저만치에서 이쪽으로 걸어오는 녹림 무사 두 명을 힐끗 보더니 화운룡의 등을 떠밀었다.

"오래 얘기하고 있으면 의심하니까 어서 들어가시오."

그는 끝에 있는 통나무집을 가리켰다.

"저기가 식당이니까 아침에 일어나자마자 식사를 하고 조장의 지시에 따르시오."

"잠은 어디서 자오?"

"들어가면 방이 여러 개 있으니까 마음에 드는 아무 곳이나 들어가서 자시오."

통나무집 이 층으로 올라가 어느 방 앞에 선 화운룡과 보진은 난감한 표정을 지었다. 이 층에는 복도 양쪽으로 여러 개의 방이 다닥다닥 붙어 있는데 문이 없으며 커다란 창에도 창문이 없어서 안이 다 들여다보였다. 안은 꽤나 좁은데 그곳에 이십여 명이 바닥에서 양쪽 벽에 머리를 두고 나란히 자고 있었다.

한쪽에 열 명씩 이십여 명이 자는데 어디 한 군데 비집고 들어갈 틈이 없었다. 화운룡은 보진을 쳐다보았다. 말은 하지 않았지만 너는 여자인데 어떻게 할 거냐고 묻는 표정이다.

그의 뜻을 알아차린 보진이 고개를 저으며 담담한 얼굴로 전음을 보냈다.

[주군, 저는 지금 남자입니다.]

화운룡은 고개를 끄떡이고는 방 안으로 들어갔다.

방 안은 캄캄하지만 복도의 유등에서 흘러들어 온 빛 덕분에 사위를 구별할 수는 있을 정도였다. 실내에서는 온갖 악취가 들끓었다. 광부들이 씻지 않아서 땀과 지린내 같은 것들이 뒤섞인 악취다. 보진은 이런 지독한 냄새를 생전 처음 맡는 거라서 토할 것 같지만 간신히 참았다.

하지만 얼굴이 저절로 찌푸려지는 것까지는 어떻게 할 수가 없었다. 화운룡은 실내를 두리번거리다가 옆으로 누워서 자는 어느 광부 옆의 좁은 틈으로 다가갔다.

한 사람이 옆으로 누워야지만 겨우 비집고 들어갈 수 있을 만한 틈인데 거기에서 두 사람이 자야 했다. 화운룡은 양쪽 사람을 양쪽으로 조금 밀어 틈을 넓혔다. 그러자 그중 한 명이 뭐라고 웅얼거리면서 상체를 일으키는 걸 보고 화운룡이 재빨리 혼혈을 제압해 버렸다. 화운룡은 아까 광건이 준 얇은 두 장의 홑껍데기 같은 이불 중에 한 장을 바닥에 깔고 누웠다. 그런데 눕고 보니까 화운룡 혼자 눕기도 빠듯할 정도로 좁아터져서 보진이 누울 곳이 없다.

보진 정도의 고수라면 앉거나 서서 잘 수도 있으며 아예 잠을 자지 않아도 되지만 그렇게 하면 가끔 복도를 오락가락하는 흑랑곡의 녹림 무사들 눈에 띄어서 좋을 게 없었다. 그런 걸 알고 있는 화운룡과 보진이기에 어떻게든 그녀가 누울 자리를 마련하느라 부심했다. 결국 화운룡은 옆 사람과 등을 맞대고 옆으로 누워 보진이 누울 자리를 만들어주었다. 누울 자리라고 해야 채 두 뼘도 되지 않았다.

조금 머뭇거리던 보진은 자세를 낮추더니 화운룡에게 등을 보이고 옆으로 누웠다. 이런 식의 칼잠은 서로 등을 맞대거나 얼굴을 맞대고 자면 불편하기 짝이 없다. 사람이 새우처럼 웅크리는 자세 때문에 그렇게 자면 자리를 넓게 차지하기 때문이다.

그래서 옆 사람의 몸 앞면에 등을 붙이고 자면 좁은 자리를 최대한 활용할 수 있고 서로 편하다. 화운룡은 다리를 쭉 뻗었으나 보진은 그에게 등을 보인 자세에서 본능적으로 몸을 새우처럼 웅크렸다. 그러고는 화운룡에게 엉덩이가 닿지 않으려고 몸을 꿈틀거리면서 애쓰는 게 역력했다.

화운룡은 보진의 내심을 짐작했다. 이런 자세로 누우면 그의 하체 묵직한 곳이 보진의 엉덩이 예민한 부위에 닿을 텐데 그녀는 그런 상황이 되는 것을 방지하려는 것이다. 그랬더니 전혀 예상하지 않았던 일이 벌어졌다. 그녀가 얼굴을 향하고 있는 쪽에 어떤 남자가 그녀 쪽으로 얼굴을 향한 자세로 자고 있는데 그녀와 그의 얼굴이 닿을 것처럼 가까워진 것이다.

보진은 외간 남자와 반의 반 뼘도 안 되는 거리를 두고 얼굴을 맞대본 적은 생전 처음이었다.

그녀의 얼굴 앞에 있는 남자는 곰보에 더벅머리인데, 벌린 입에서 숨을 쉴 때마다 시궁창보다 지독한 악취가 태풍처럼 쏟아져 나왔다.

'으윽……'

보진은 혼비백산 놀라서 다급하게 몸을 돌렸다.

그랬더니 잘생긴 화운룡이 잔잔한 미소를 지으면서 그녀를 바라보았다.

그에게서는 악취는커녕 정신이 맑아지는 은은한 향기가 솔

솔 풍겼다.

그런데 지금처럼 화운룡하고 마주 보는 자세로는 새우처럼 웅크릴 수가 없다.

그렇게 하면 무릎이 그의 하복부나 은밀한 곳을 찌르기 때문이다.

그래서 몸을 길고 곧게 쭉 폈더니 두 사람의 몸 앞면이 밀착되고 얼굴이 닿을 것처럼 가까워졌다.

"아……."

"음."

화운룡은 무안해서 눈을 감았다. 뒷사람 때문에 머리를 뒤로 뺄 수도 없으니 눈을 감는 것이 최선이다.

보진 역시 꼼짝달싹할 수 없는 상황이라서 어색하기로는 화운룡보다 더했으면 더했지 못하지 않았다.

그때 화운룡이 오른팔을 들어 그녀를 안았다.

"……!"

보진은 깜짝 놀랐다. 하지만 화운룡이 왜 자신을 안았는지 즉시 알아차렸다.

서로 마주 보고 있는 자세에서 몸 앞에 팔이 있으면 자리를 더 많이 차지할뿐더러 서로에게 불편하기 짝이 없다.

화운룡이 팔로 등을 포근하게 감싸면서 그녀의 몸을 조금 아래로 밀어 내렸다.

그러자 두 사람의 얼굴이 마주 보던 상태에서 그녀의 얼굴이 아래로 내려가 그의 가슴에 닿았다.

그런 자세가 되니까 아주 편해졌다. 그녀는 그의 가슴에 뺨을 대고 조금 용기를 내서 팔로 그의 등을 안았다.

그렇게 서로를 안고 있으니까 세상에서 이보다 편한 자세는 없을 것 같았다.

보진은 심장이 미친 듯이 콩닥거리고 얼굴이 빨개졌다. 심장이 너무 심하게 콩닥거려서 그 소리가 자신에게는 물론이고 화운룡에게도 들릴 것 같았다. 아니, 이렇게 큰 심장 소리를 그가 듣지 못할 리가 없다.

'제발……'

심장이 콩닥거리는 것을 멈추려고 하는데도 마음처럼 되지 않았고 오히려 더 심하게 뛰는 것 같았다.

생사현관 타통이라는 숭고한 목적 때문이었고 보진이 눈물로 애원을 했던 일이지만 어쨌든 화운룡은 그녀에게 추궁과 혈수법을 전개했다.

그 과정에서 그녀의 머리에서 발끝까지 화운룡의 손길이 미치지 않은 곳이 한 군데도 없었다.

다시 말하자면 그녀의 몸을 그녀 외에 가장 잘 아는 사람이 된 것이다.

그랬으므로 보진에게 있어서 화운룡은 주군과 은인이라는

의미 외에 또 다른 의미가 하나 더 있었다.

보진은 화운룡을 남자로 여기게 되었다. 자신의 생애에 첫 남자인 것이다.

두 사람은 몸을 새우처럼 구부리지 않았기 때문에 그녀의 몸 앞면이 그의 몸 앞면에 밀착되어 있었다.

하지만 그녀는 피하려고 하지 않았고 추호도 불편함을 느끼지 못했다.

이런 편안함이라면 몇날 며칠이라도 가만히 있을 수 있을 것 같았다.

"보진."

잠이 들었나 보다. 보진은 귓전에 속삭이는 화운룡의 나직한 목소리에 잠이 깼다.

"가자."

보진은 지금처럼 중차대한 상황에 자신이 잠들었다는 사실에 적잖이 놀라고 어이가 없었다.

그러나 그녀는 곧 엷은 미소를 지었다. 화운룡 품에 안겨 있었기 때문에 너무 편안해서 그냥 잠이 들었던 것이다.

화운룡은 먼저 일어나 실내에서 자고 있는 사람들을 끝에서부터 한 명씩 자세히 살펴보기 시작했다.

보진은 맞은편에서 자고 있는 십여 명을 화운룡보다 더 빠르게 살펴보고는 그에게 전음을 보냈다.

[여긴 계시지 않습니다.]

화운룡은 끝까지 다 보고서 방을 나갔다.

이 층에는 복도 양쪽으로 방이 네 개 있는데 화운룡과 보진은 각각 방 하나씩을 맡아서 살피며 주천곤을 찾아보았다.

화운룡과 보진이 자고 있던 이 층 통나무집 여덟 개의 방을 다 살피는 데 반 시진 정도가 소요됐다.

두 사람은 통나무집 밖으로 나왔다. 여름의 후덥지근한 날씨가 계곡에 무겁게 떠다니고 있었다.

이런 통나무집이 두 줄로 길게 이어져 있는 광경을 보면서 보진이 조심스럽게 물었다.

[어디부터 찾을까요?]

그때 저쪽에서 말소리가 들리면서 두 명의 흑랑곡 무사가 얘기를 나누며 이쪽으로 걸어오는 게 보였다.

화운룡과 보진은 즉시 자신들이 조금 전에 나왔던 통나무집 안으로 들어가 창 아래로 몸을 숙이고 무사들이 지나가기를 기다렸다.

그런데 두 명의 무사는 화운룡 등이 숨어 있는 통나무집 앞에 걸음을 멈추고 두런두런 대화를 이어가며 쉬이 갈 생각을 하지 않았다.

창 아래에 웅크리고 있는 화운룡과 보진은 무사들의 쓸데 없는 대화를 들으면서 시간을 보내야만 했다. 일각이 지나도록 무사들의 대화가 이어지자 보진이 전음을 보냈다.

[처치할까요?]

무사 둘을 처치하거나 제압하여 다른 은밀한 장소에 옮겨 놓으면 간단한 것 같지만 화운룡과 보진이 주천곤을 찾는 일이 길어지면 문제가 생기게 된다. 무사 둘의 실종은 문제를 일으키고도 남는다.

화운룡이 고개를 젓는 걸 보고 보진은 더 이상 아무 말도 하지 않았다. 화운룡은 통나무집 입구가 아닌 반대쪽을 쳐다보고는 그쪽을 가리켰다.

뒤쪽에 창문이 있으면 그곳을 통해서 밖으로 나가자는 뜻이라고 알아차린 보진은 고개를 끄떡였다. 두 사람은 기척 없이 몸을 일으켜서 살금살금 계단 뒤쪽으로 향했다.

다행히 그곳에 창이 있어서 두 사람은 앞서거니 뒤서거니 창을 빠져나갔다.

동이 터오고 있었다.

화운룡과 보진은 광부들의 숙소를 한 채도 남김없이 다 찾아봤지만 끝내 주천곤을 발견하지 못했다.

삼십여 채의 통나무집들을 일일이 돌면서 칠백여 명이나 되는 광부들을 살피는 일은 결코 쉬운 일이 아니었지만 노력에 비해서 결과는 허탈했다.

두 사람은 입구 쪽에 가까운 끄트머리 통나무집 뒤편 절벽 아래에 서서 이제 어떻게 할 것인지 궁리했다.

잠송의 정보로는 흑랑곡 칠백여 명의 광부 중에 주천곤이 있다고 했지만 결과적으로는 그를 이곳에서 찾지 못했다.

하지만 화운룡은 잠송의 정보가 틀리지 않을 것이라고 믿었다. 그렇게 어수룩한 정보를 보낼 잠송이 아니다.

[흑랑곡주를 족칠까요?]

보진의 전음에 화운룡은 대답하지 않고 생각에 골몰했다.

흑랑곡주를 제압해서 족치는 것도 방법 중에 하나지만 최후의 수단이다.

"다 찾아본 것 맞지?"

그의 말에 보진은 주위를 둘러보았다.

[광부들 숙소는 다 찾아봤습니다.]

그녀는 화운룡의 시선이 입구 쪽에 있는 두 채의 통나무집으로 향하는 것을 보았다. 칠두령 광간은 저기가 식당이라고 말했다. 설마 식당에 주천곤이 있을 리 만무하다.

두 채의 통나무집은 숙소의 두 배쯤 큰데 화운룡은 문득 식당이 두 채나 될 거라는 생각이 들지 않았다.

"저길 가보자."

과연 화운룡의 짐작이 맞았다.

두 채 중에서 한 채는 식당이고 그 옆의 통나무집은 의원으로 사용하고 있었다.

그곳이 의원이라고 생각한 이유는 그 통나무집 근처에 가니까 여러 가지 약 냄새가 풍겼기 때문이다.

화운룡과 보진은 텅 빈 식당 안을 둘러보고 나서 열려 있는 의원 안으로 들어갔다.

의원은 이 층으로 이루어졌으며 아래층은 약을 조제하고 치료를 하는 장소였다.

삐그덕…….

보진이 앞서고 화운룡이 뒤따르며 계단을 올라가는데 화운룡 발아래에서 나무 계단이 작게 비명을 질렀다. 화운룡이 멈칫하자 보진이 돌아보더니 그의 팔을 잡고 훌쩍 신형을 날려 위로 솟구쳤다.

스으…….

두 사람은 깃털처럼 가볍게 둥실 떠올랐다가 계단 꼭대기에 살며시 내려섰다.

보진은 화운룡을 보면서 배시시 엷은 미소를 지었다.

방금 그녀는 비록 간단한 동작이지만 절정고수만이 행할 수 있는 근사한 비행을 선보였다.

물론 예전에도 그깟 계단을 날아오르는 것쯤은 여반장처럼 쉬웠지만 방금처럼 일체의 파공음도 없이, 그리고 추호의 무게감도 느끼지 않으면서 경공을 전개하지는 못했다.

생사현관이 타통된 이후 보진의 모든 것이 크게 변했다. 물론 좋은 쪽으로의 변화다.

보진은 자신의 능력이 얼마나 증진됐는지를 자랑이라도 하려는 듯 화운룡의 팔을 놓지 않은 상태에서 복도를 기척 없이 미끄러져 갔다.

복도 양쪽에는 몇 개의 방이 있는데 안에서 꽤 많은 사람이 침상에 나란히 누워 있는 광경이 열려 있는 문을 통해서 들여다보였다.

금광에서 다친 광부들이다.

화운룡은 어쩌면 저들 중에 주천곤이 있을지도 모른다는 생각이 들었다.

『와룡봉추』 5권에 계속…